地图上的红楼梦

第一册

星球地图出版社
STAR MAP PRESS

图书在版编目（CIP）数据

地图上的红楼梦 / 许盘清主编；星球地图出版社编著.
-- 北京：星球地图出版社，2025.1--（带着地图读四大名著）.

ISBN 978-7-5471-3087-2

Ⅰ.①地… Ⅱ.①许… ②…星 Ⅲ.①中国文学－名著－通俗读物 Ⅳ.① I207.411

中国国家版本馆 CIP 数据核字第 20246NY043 号

地图上的红楼梦（第一册）

出版发行	星球地图出版社
地址邮编	北京市海淀区北三环中路 69 号 100088
网　　址	www.starmap.com.cn
印　　刷	廊坊一二〇六印刷厂
经　　销	新华书店
开　　本	185 毫米 ×260 毫米　16 开
印　　张	9.5
版　　次	2025 年 1 月第 1 版
印　　次	2025 年 1 月第 1 次印刷
审 图 号	GS（2024）4156 号
定　　价	218.00 元（套装 4 册）

联系电话：010-82028269（发行）、010-62272347（编辑）

版权所有　侵权必究

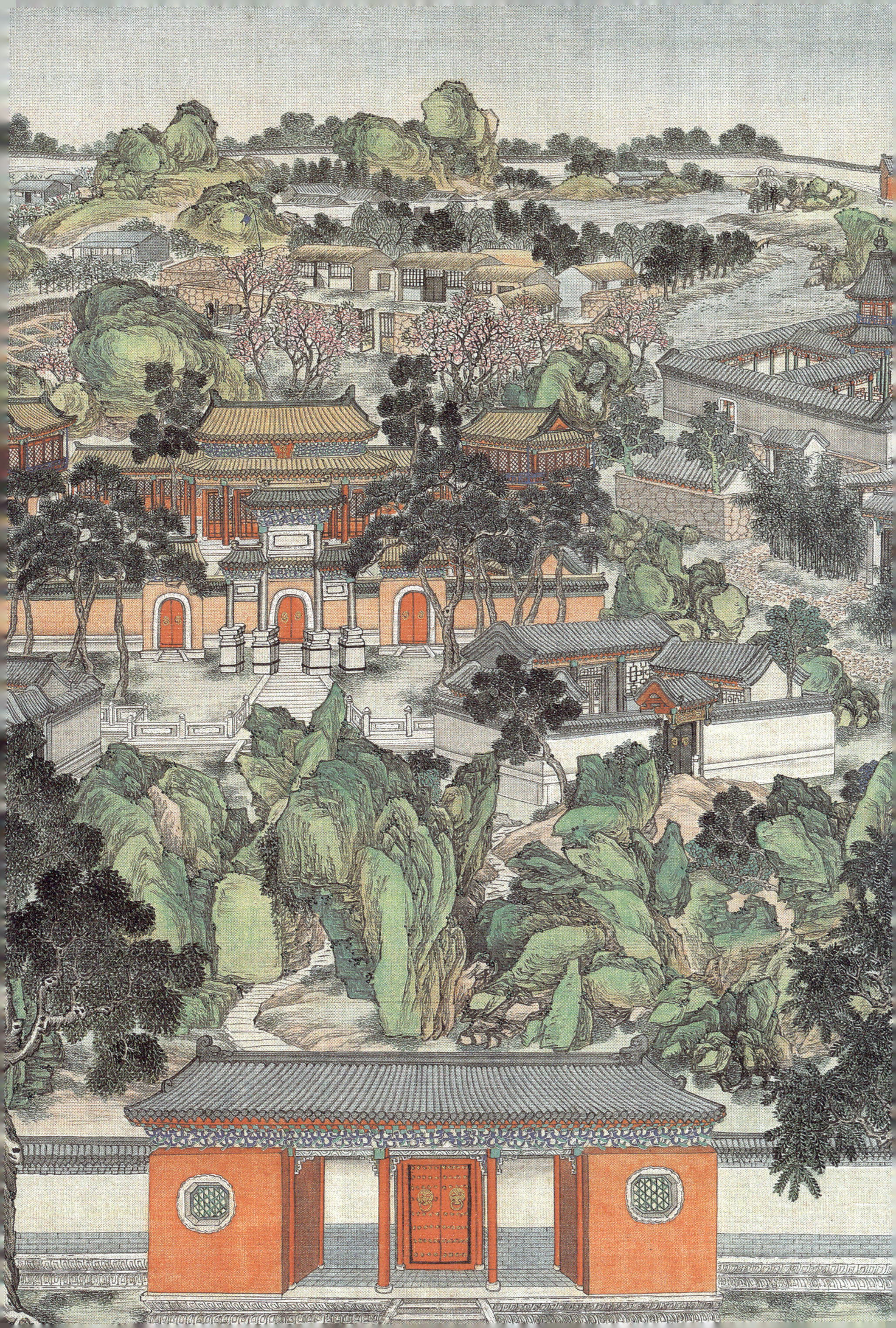

目 录

第 一 回　青埂峰顽石入世…………001

第 二 回　荣国府的异人异事………007

第 三 回　林黛玉初进贾府…………012

第 四 回　葫芦僧乱判葫芦案………019

第 五 回　宝玉梦游太虚幻境………024

第 六 回　刘姥姥一进荣国府………028

第 七 回　见宫花黛玉使性子………033

第 八 回　探宝钗黛玉吃醋…………040

第 九 回　众顽童大闹学堂…………046

第 十 回　宁国府秦氏生重病………050

第十一回　庆生日宁国府摆宴………053

第十二回　凤姐设计害贾瑞…………060

第十三回　秦可卿临终托梦…………066

第十四回　凤姐协理宁国府…………070

第十五回　凤姐弄权铁槛寺…………076

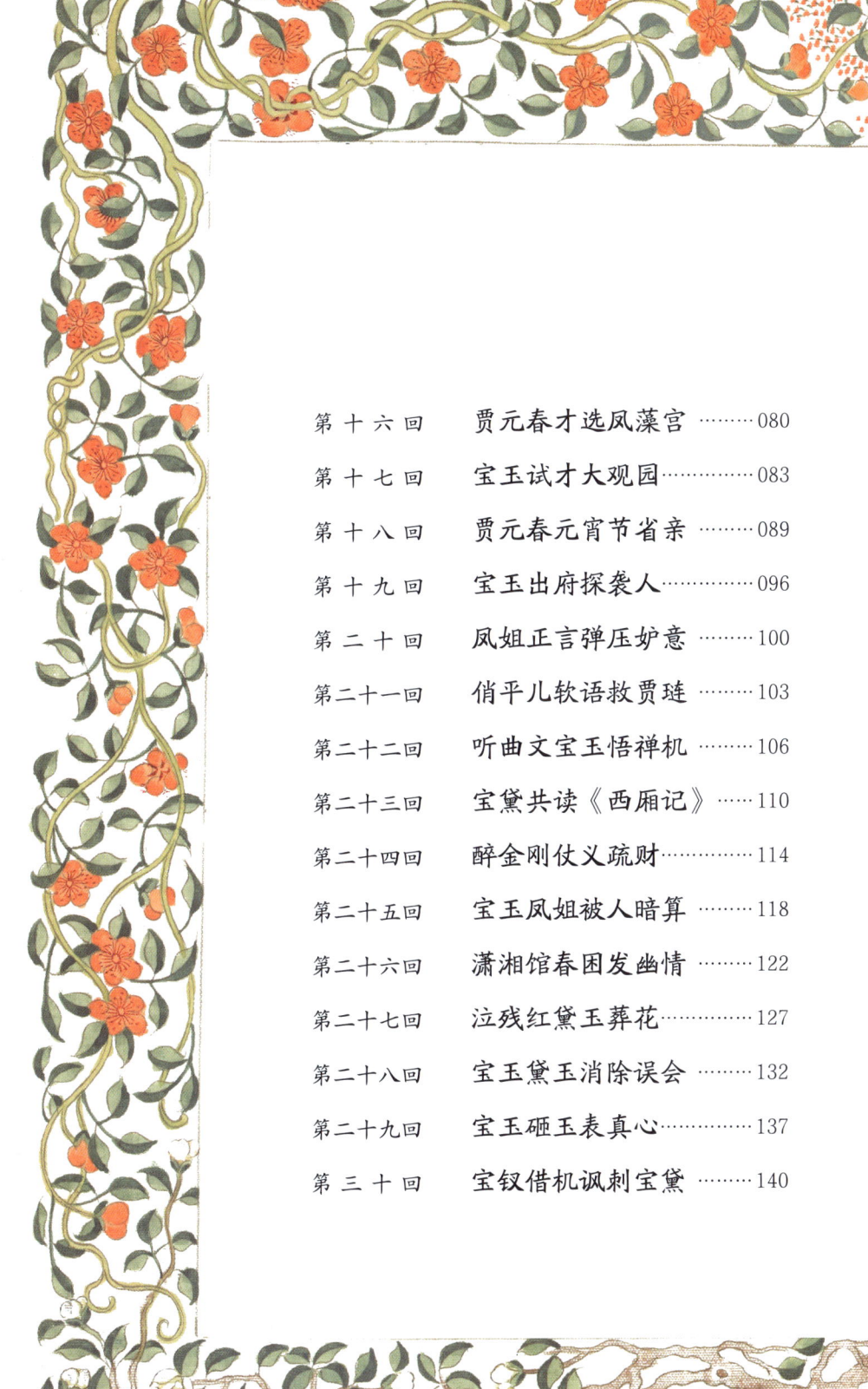

第十六回	贾元春才选凤藻宫	080
第十七回	宝玉试才大观园	083
第十八回	贾元春元宵节省亲	089
第十九回	宝玉出府探袭人	096
第二十回	凤姐正言弹压妒意	100
第二十一回	俏平儿软语救贾琏	103
第二十二回	听曲文宝玉悟禅机	106
第二十三回	宝黛共读《西厢记》	110
第二十四回	醉金刚仗义疏财	114
第二十五回	宝玉凤姐被人暗算	118
第二十六回	潇湘馆春困发幽情	122
第二十七回	泣残红黛玉葬花	127
第二十八回	宝玉黛玉消除误会	132
第二十九回	宝玉砸玉表真心	137
第三十回	宝钗借机讽刺宝黛	140

青埂峰下，女娲补天时遗落人间的一枚灵石偶然听到一僧一道的对话，被二人口中人间繁华景象所吸引，于是心生向往，恳请二人带它去尘世中游玩。

第一回

青埂（gěng）峰 顽石入世

人物	性格	意喻	身份
甄士隐	淡泊名利，正直大方，爱惜人才	真事隐，真事引	落泊乡绅，香菱的父亲

点题

甄（zhēn）士隐梦见一僧一道说，要带一块石头到俗世中亲身体会人世间的荣华富贵。绛（jiàng）珠仙草为报恩投胎转世，进入凡尘世界，亲历人世间的悲欢离合。

上古时期，女娲娘娘炼石补天，炼成后用了三万六千五百块，只单单剩下一块没有用到，被留在了大荒山无稽崖青埂峰下。谁知，这块石头经过女娲娘娘的锻炼后，已经有了灵性，觉得自己有补天的才能，却被遗弃，日夜感叹自己悲惨的遭遇。

有一天，那块石头正在自怨自艾（yì），突然有一僧一道携（xié）手而来，坐在那石头旁边交谈。那石头被他们谈论的尘世繁华景象吸引，就哀求一僧一道带它去尘世中游玩。一僧一道被那石头的诚心打动，将它变成一块小小的美玉，带着它离开了青埂峰。

很久很久之后，那块石头进入尘世游历的故事，被刻在青埂峰下的一块大石头上，并起名为《石头记》。一天，空空道人来到青埂峰下，把《石头记》记录下来，改名为《情僧录》，流传于世。之后，几经修改，最后定名为《红楼梦》。下面就是《石头记》记载的故事。

姑苏《红楼梦》中出现的主要地名

扬州／扬州府／扬州市
镇江府／镇江市
神京 金陵 石头城／江宁府／南京市
常州府／常州市
溧水
高淳
溧阳
宜兴
张渚
建平 郎溪
长兴

贾雨村连夜动身进京

葫芦庙失火
甄家被烧毁

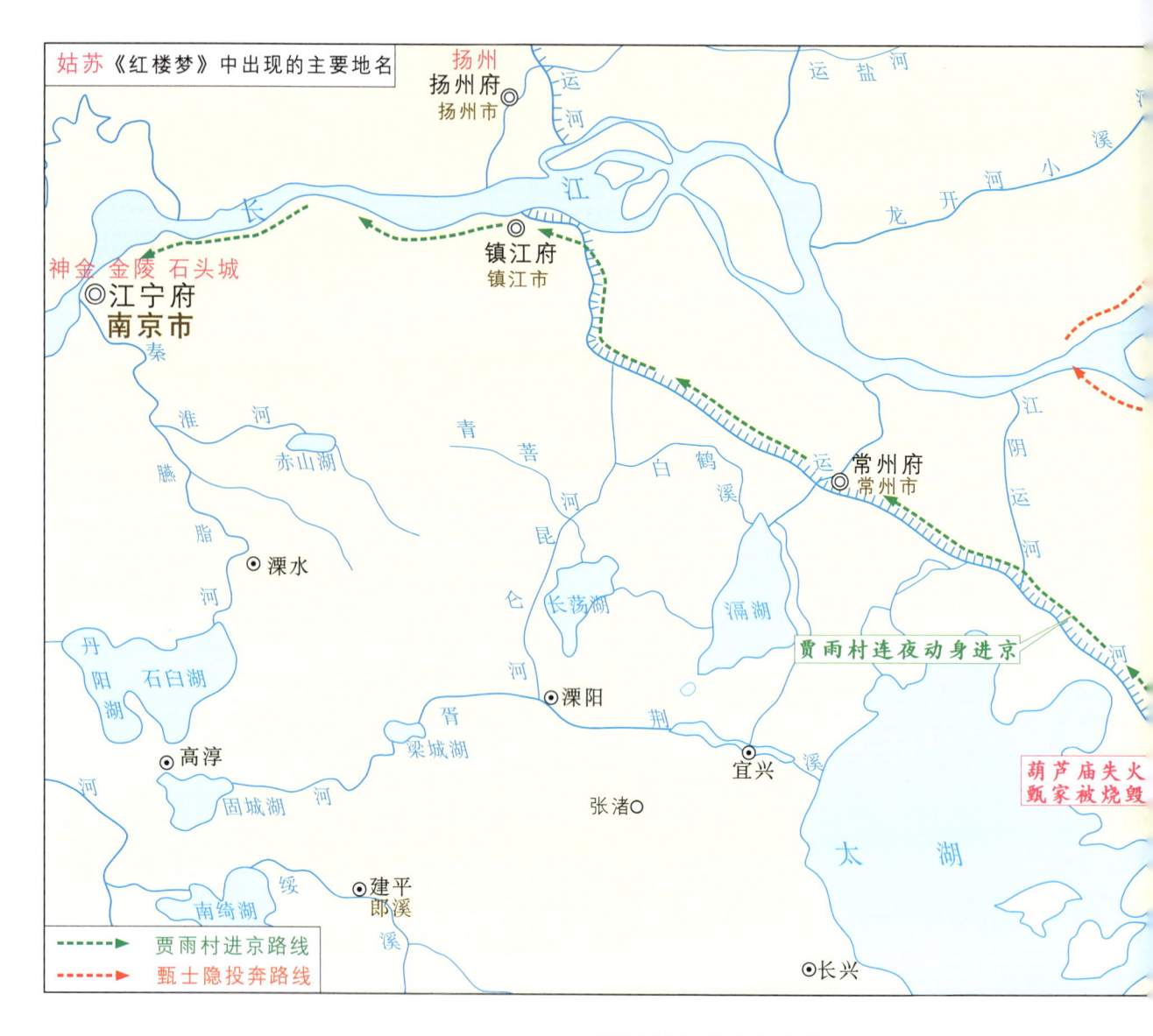

▶ 贾雨村进京路线
▶ 甄士隐投奔路线

贾雨村出道（走水路）示意图

  传说，姑苏城十里街上有座葫芦庙，庙旁边住着一个乡宦（huàn），叫甄士隐。甄士隐年过半百，膝下只有一个三岁的女儿叫英莲。一天，甄士隐梦见一个僧人和一个道士在谈一桩秘闻。原来，这一僧一道受警幻仙子之托，要带一块被女娲弃用的石头进入凡尘游历。绛珠仙草为报那石头的浇灌之恩，也跟着进入凡尘。甄士隐听了，非常好奇，问一僧一道要那石头来看，只见是一块美玉，上面刻着"通灵宝玉"四个字，

大如州
◎如皋

甄士隐的财产被岳父骗走一大半，贫病交迫。一天，甄士隐在街上听到跛足道人唱《好了歌》，交谈后大彻大悟，随道人离去，不知所踪。

通州
◎南通市

甄士隐变卖田庄，去投奔岳父。

运盐河

苏州姑苏
◎苏州府
葫芦庙 苏州市

雨村寄居葫芦庙

甄士隐感叹贾雨村的才华，但贾雨村哀叹没有进京赶考的费用，于是甄士隐送贾雨村白银和冬衣。

后面还有几行小字。甄士隐刚想细看时，那僧人却突然将宝玉夺走，与道人去到一块刻着"太虚幻境"的大石牌坊前。甄士隐刚想跟上去，却被一声霹（pī）雳（lì）惊醒了。

甄士隐有一个好友，叫贾雨村，在隔壁葫芦庙寄居。中秋之夜，甄士隐和贾雨村月下饮酒。贾雨村对月感怀，吟诗一首。甄士隐感叹贾雨村的才华，觉得他不该埋没在此。贾雨村便哀叹没有进京赶考的费用，甄士隐忙吩咐下人拿来五十两白银和两套冬衣送给贾雨村，并嘱咐道："十九日是黄道吉日，你去买舟西上赶考，等你高中，我们再聚饮酒。"酒席散后，贾雨村就连夜动身进京了。

光阴易逝，很快就到了元宵（xiāo）节。这天，甄士隐命仆人带女儿英莲去看花灯，英莲却因此失去了踪迹。甄士隐花费了大量钱财寻找女儿，可惜都没找到。两个月后，葫芦庙失火，甄家也被烧毁。甄士隐只得变卖田庄，带着妻子和丫鬟（huán）去投奔岳父。他岳父名唤封肃（sù），大如州人氏，见甄士隐落魄，心中不悦。幸好甄士隐还有田庄折现的银子未用完，封肃半哄半骗，半年后甄士隐的财产被其骗走了一大半。日子越过越穷，甄士隐伤心悔恨之下又生了重病，贫病交破。

一天，甄士隐拄（zhǔ）着拐杖到街上散心，突然看到一个跛（bǒ）足道人边走口中边唱着《好了歌》。甄士隐听后若有所感，就上前去跟跛足道人交谈。一番谈论后，甄士隐便大彻大悟，为《好了歌》做了注解后，跟道人一同离去，不知所踪。

姑苏 《红楼梦》中出现的主要地名

《红楼梦》主要人物活动区域示意图

经典名句

假作真时真亦假，无为有处有还无。
满纸荒唐言，一把辛酸泪！
都云作者痴，谁解其中味？

经典原文

士隐接了看时，原来是块鲜明美玉，上面字迹分明，镌（juān）①着"通灵宝玉"四字，后面还有几行小字。正欲细看时，那僧便说已到幻境，便强从手中夺了去，与道人竟过一大石牌坊，上书四个大字，乃是"太虚幻境"。两边又有一幅对联，道是：

假作真时真亦假，无为有处有还无。

士隐意欲也跟了过去，方举步时，忽听一声霹雳，有若山崩地陷②。士隐大叫一声，定睛一看，只见烈日炎炎③，芭蕉冉冉④，所梦之事便忘了大半。

注释：①镌：雕刻②山崩地陷：山岳崩倒，大地塌陷。③烈日炎炎：形容天气非常炎热。④芭蕉冉冉：蕉叶柔软下垂。

课外试题

（空空道人）因空见色，由色生情，传情入色，自色悟空，遂易名为情僧，改《石头记》为《情僧录》。至吴玉峰题曰《红楼梦》。谈谈《红楼梦》作为书名的合理性。

答案

"红楼"，既可以象征富贵荣华之家，又可以象征在其中生活的人（尤其指女子）之意。"梦"，则意味了书中的盛筵必散与好景幻灭的悲凉，也宣示了其中的诸多兴衰荣辱之事皆如幻梦，是有深刻意味的书名。

第二回

荣国府的异人异事

人物	性格	意喻	身份
冷子兴	善于投机，爱好交际	冷眼旁观（贾府）兴衰	京城古董商人，贾府仆人周瑞的女婿

点题

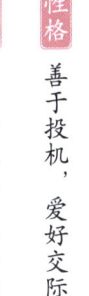

贾雨村因贪污受贿（huì）被革职，之后到盐政林如海家当林黛玉的家庭教师，一次偶遇冷子兴，听他说荣国府中令人惊奇的事。

甄士隐跟一僧一道走后，他的妻子封氏和丫鬟只得依靠做针线换钱来维持生活。一天，有官差来封肃家传唤，说："请甄爷出来。"封肃不明所以，只说自己有一女婿姓甄，官差听了便将封肃带走。等到半夜，封肃欢天喜地地回来，说："新来的太爷姓贾名化，原来是湖州人，是女婿之前的朋友。"这太爷即贾雨村，因当年得甄士隐资助进京赶考，高中进士，成为苏州知府。贾雨村来访，从封肃口中知道甄士隐的事后，感叹不已。次日，贾雨村为答谢甄家，送来一些钱财和衣物，又问候了甄家娘子。不久，贾雨村便纳了甄家丫鬟娇杏为妾。几天后，贾雨村再次给了封肃一千两银子，让他好好对待甄家娘子，并派人去寻访甄士隐的女儿英莲的下落。

可惜不到一年，贾雨村就因贪污受贿被剥夺了官职。离职后，贾雨村将做官时积累下的资本并家人送回原籍湖州，然后开始云游四方。一日，贾雨村偶然游历到淮扬（今江苏扬州），听闻当地的盐政是林如海。林如

《红楼梦》中出现的主要地名

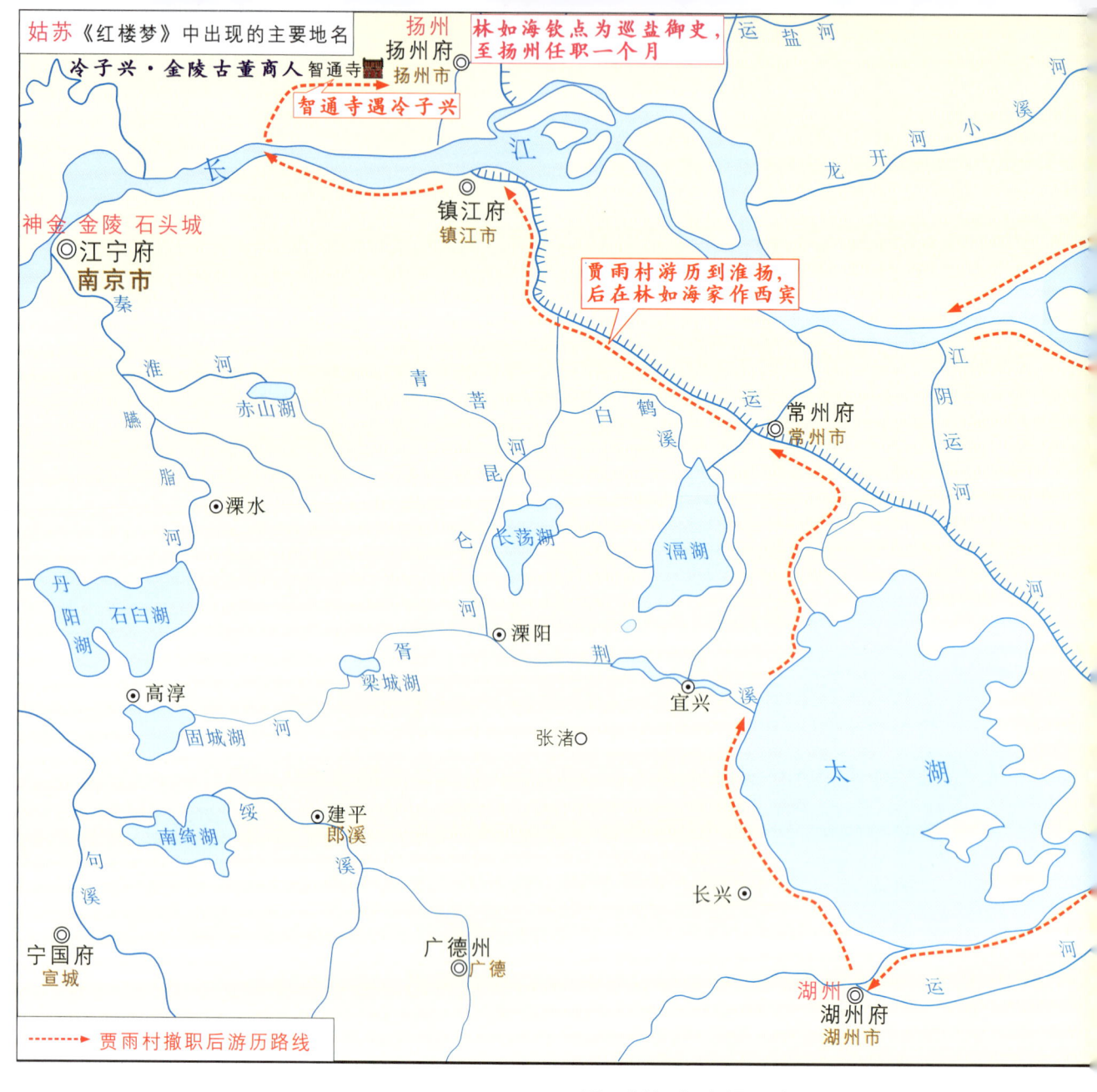

姑苏　冷子兴·金陵古董商人　智通寺　扬州·扬州府·扬州市

林如海钦点为巡盐御史，至扬州任职一个月

智通寺遇冷子兴

神金　金陵　石头城　◎江宁府　南京市

镇江府　镇江市

贾雨村游历到淮扬，后在林如海家作西宾

常州府　常州市

溧水　溧阳　宜兴　太湖　张渚　长兴

建平　广德州·广德　宁国府·宣城　湖州·湖州府·湖州市

‑‑‑> 贾雨村撤职后游历路线

贾雨村初入官场示意图

海原是姑苏（今江苏苏州）人氏，今钦点为巡盐御史，到此地任职刚一个月左右。

贾雨村因感风寒，在朋友帮助下在此地暂住。正巧盐政林如海家招聘西宾，教林家小姐黛（dài）玉读书识字，贾雨村便托朋友谋得此工作。当时，林黛玉刚满五岁，聪明可爱，只是身体不好，经常不来上课。一年后，黛玉的母亲突然患病，不久就去世了。黛玉哀伤过度，大病一场，很长时间没去上学。

贾雨村任苏州知府，取娇杏为妾

撤职后贾雨村将资本和家人送回原籍

如海——姑苏人氏

贾雨村闲着无事，就到外逛逛。一天，贾雨村走到城外，城外山清水秀，隐隐看见一座庙宇，匾额上题着"智通寺"。贾雨村进去，看见一老僧煮粥，便与他交谈。老僧却答非所问，贾雨村便不耐烦地退了出来，想要寻一间酒肆饮酒。贾雨村刚踏进酒肆，便遇见旧相识古董商人冷子兴。两人寒暄过后，同席而坐，边吃边聊。贾雨村问："最近京城有什么新闻？"冷子兴便说："没有什么新闻，倒是你的同宗荣国府出了异事。"贾雨村问什么异事，冷子兴便给他细细道来。

原来，京城贾府有荣国府和宁国府两个国公府。宁国公是哥哥，生了四个儿子。宁国公去世后，长子贾代化袭了爵位，也生了两个儿子，长子长到八九岁就去世了。次子贾敬袭了爵位，但只想做道士，于是将爵位让给儿子贾珍。贾珍也有个儿子叫贾蓉。这两父子在宁国府中什么混账事都做得出，也没人敢管他们。

荣国府那边，荣国公去世后，长子贾代善袭了爵位，妻子是金陵史侯家的小姐，生了两个儿子，长子贾赦（shè），次子贾政。贾代善已去世，其妻史老太君还在。长子贾赦袭了爵位，次子贾政现任员外郎。异事就出现在荣国府里。

贾政的妻子王夫人头胎生下长子贾珠，十四岁考中秀才，二十岁娶妻，生下一子贾兰，不想一场大病去世了。第二胎生下一位小姐，生在大年初一，这已经让人惊奇了。后来，又生下一位公子，说来更奇，这公子出生时，口中就衔着一块美玉，玉上面还刻有许多字。

大家都说这公子来历不凡，因此他祖母史老太君爱如珍

贾雨村暂居扬州之际，幸得机缘，应聘成为林如海府上西宾，教林黛玉读书识字。

宝。这公子一周岁时，抓周抓了脂粉钗（chāi）环来玩。贾政说他将来必定是个酒色之徒，便不喜欢他，但史老太君却把他当成命根子。那公子长到现在七八岁，淘气异常，经常说些奇奇怪怪的话。冷子兴说到此处，又说这公子日后定是不成器。贾雨村忙厉色制止，说世间的人有大仁、大恶、庸人三种，集世间清明秀气与残忍乖僻邪气于一身的人是不凡的。

随后，贾雨村又说，他这两年游历，也曾遇到过两个异样的孩子："去年我在金陵，去钦差大臣甄家，教了他家公子一段时日，他家公子与这贾家的那位公子并无一二。他们家的几个姐妹也是世间少有。"

冷子兴便道："这贾府中现有的三个小姐也不错。贾政的大女儿，即生在大年初一的元春，因贤德被选入宫中作女史。二小姐是贾赦妾所生，叫迎春。三小姐是贾政庶出的，叫探春。四小姐是贾珍的胞妹，叫惜春。"

冷子笑又说贾赦的大公子叫贾琏，娶了贾政妻子王夫人的侄女王熙（xī）凤为妻。这个王熙凤不仅美丽，还很有心机，一万个男人都抵不上她一个。

贾雨村和冷子兴说说笑笑，不知不觉，天色已晚。两人准备结账走人时，忽然见到有人来向贾雨村道喜。那么雨村喜又何来呢？且听下回分解。

经典名句

百足之虫，死而不僵。
身后有余忘缩手，眼前无路想回头。

经典原文

"说来又奇，如今长了七八岁，虽然淘气异常，但其聪明乖觉①处，百个不及他一个。说起孩子话来也奇怪，他说：'女儿是水作的骨肉，男人是泥作的骨肉。我见了女儿，我便清爽；见了男子，便觉浊（zhuó）臭逼人。'你道好笑不好笑？将来色鬼无疑了！"雨村罕然厉色忙止道："非也！可惜你们不知道这人来历。大约政老前辈也错以淫魔色鬼看待了。若非多读书识事，加以致知格物②之功，悟道参玄③之力，不能知也。"

注释：①乖觉：机警、机智。②致知格物：研究事物原理而获得知识。③悟道参玄：领悟参透玄妙的道理。

课外试题

贾元春和贾宝玉为什么被人们认为是来历不凡的人？

因为贾元春生在大年初一，贾宝玉含玉出生。

答案

第三回

林黛玉初进贾府

人物	性格	别名	身份
贾母	喜欢热闹,喜欢精美的事物,怜老惜贫	史老太君、老太太、老祖宗	贾府最高统治者、宝玉的祖母、黛玉的外祖母

点题

林黛玉走进贾府,见过贾母及众姐妹后,不久又见到了宝玉,刚见面时两人都觉得奇怪:"这人我好像见过。"

雨村见有人向他道喜,回头看时,却是那年和他一起被革去官职的张如圭(guī)。张如圭说,京中已经批准任用被革职官员。冷子兴听了,就建议贾雨村去找林如海,请他写封推荐信,再去京城找贾政谋份官职。次日,贾雨村就去找林如海。此时林如海正找人送女儿黛玉去贾府,就满口答应了。

黛玉原本不想离开父亲,无奈外祖母三番两次来请,林如海又多次劝说,只得洒泪拜别了父亲,在贾雨村的护送下坐船前往京城。不久,船就到了京城。黛玉弃舟登岸,坐上荣国府来迎接的轿子。走了半天,黛玉从纱窗向外瞧,见街北蹲了两个大石狮子,三间兽头大门,正门未开,东西两角门有人出入。正门上有个匾额,书"敕(chì)造宁国府"五个大字。又往西行,不多远,也是三间大门,方到荣国府。没进正门,只进了西边角门。轿夫抬进去,走了一射之地,将转弯时,便放下轿子,退了出去。换了三四个十七八岁的小厮(sī)来抬轿子,至一垂花门前放下轿子。有婆子来扶黛玉下轿，黛玉扶着婆子的手，进了垂花门。两边是抄手游廊，当中是穿堂，放着一个大理石的大插屏。转过插屏见小小的三间厅，厅后就是后面的正房大院，正面是五间上房。

来到上房，就看见两个丫鬟（huán）搀着一个鬓（bìn）发如银的老祖母迎上来。黛玉知道这就是外祖母——贾母，刚想拜见，却被贾母一把搂住，心肝儿肉叫着哭起来。黛玉也伤心地哭了。

哭过后，黛玉才正式拜见外祖母。贾母又给黛玉引见了贾赦之妻邢夫人，贾政之妻王夫人，以及迎春、探春、惜春三姐妹。众人看到黛玉身体娇弱，就问她平时吃什么药。黛玉说："我从会吃饭开始就吃药，现在还吃人参养荣丸。"贾母说道："正好我也配这药，叫他们多配一料就是了。"

话没说完，就听到了后院有人笑道："我来迟了，不曾迎接远客。"话音未落，就看见一群媳妇丫鬟拥着一个人进来。这人打扮得非常华丽漂亮，正是贾琏的妻子王熙凤。贾母戏称王熙凤为"泼皮破落户"，让黛玉称她为"凤辣子"。

黛玉忙叫嫂子。王熙凤边拉黛玉的手边赞："天下竟然有这样标致的人物，这通身的气派，竟不像老祖宗的外孙女，竟是个嫡亲的孙女。"一边拉着黛玉的手嘘寒问暖，一边让人安置黛玉带来的下人。不久，贾母便命两个嬷（mó）嬷带黛玉去见两个舅舅，贾赦之妻邢夫人忙起身道："我带外甥女过去，正好合适。"贾母笑道："正是。"众人便起身送她们至穿堂门前。

出了垂花门，邢夫人携（xié）了黛玉，上了骡车，也出了西角门，往东过荣府正门，便入一黑油大门中，至仪门前方下来。众小厮退下，邢夫人搀着黛玉的手，进入三层仪门，果见正房厢房游廊。进入正室，早有许多丫鬟迎着，邢夫人让黛玉先坐，派人去请贾赦。不久有人回话，说老爷病了，怕姑娘见了伤心。老爷又嘱咐道，姑娘把这里当自己家，不要伤心想家。黛玉忙站起来，一一听了。再坐一刻，黛玉便告辞了。

邢夫人令两三个嬷嬷用刚才的车好生送了姑娘过去，邢夫人送至仪门前，又嘱咐了众人几句，眼看着车去了方回来。

黛玉进了荣府，下了车。众嬷嬷引着，穿过一个东西的穿堂，向南大厅之后，仪门内大院落，上面五间大正房，轩昂壮丽，比贾母处不同。黛玉便知这是正经正内室，一条大甬路，直接出大门的。

王夫人不住在这正室，只住在这正室东边的三间耳房内。于是老嬷嬷引黛玉进东房门来。老嬷嬷们让黛玉炕上坐，黛玉度其位次，不上炕，只向东边椅子上坐了。过了一会儿，一个丫鬟来说："太太说，请林姑娘到那边坐罢。"

老嬷嬷听了，于是又引黛玉出来，到了东廊三间小正房内。王夫人见黛玉来了，携她上炕。王夫人说："你舅舅今日斋（zhāi）戒去了，以后再见吧。三个姐妹都好，以后一起好好相处。唯独我那"混世魔王"，你见了不要理他，你这些姐妹都不敢招惹他。"

二人正说着话，有丫鬟来报："老夫人那里传晚饭了。"王夫人忙携着黛玉过去。晚饭后，贾母问黛玉读什么书，黛玉说只念过《四书》。说话间，一个年轻公子走了进来，项上系着一块美玉。这公子便是宝玉。黛玉见了大吃一惊："好奇怪，这人好像在哪里见过，这么眼熟！"

宝玉先给贾母和王夫人请安，贾母让他见黛玉。宝玉见了黛玉，笑道"这妹妹我曾见过的。"贾母自然不信。宝玉又向黛玉问东问西，知道黛玉没有表字后，就将"颦（pín）颦"两字送给黛玉，又问黛玉有没有玉。黛玉说没有，宝玉便发作起痴狂病来，把玉摘下，狠狠地摔在地上。众人都吓坏了，忙去捡玉。贾母急忙搂住宝玉，并好好安慰他一番。宝玉才安静下来。

当下，奶娘来问黛玉的住处。贾母让人将宝玉挪出来，同她住套间暖阁。黛玉则被安置在宝玉原先住的碧纱橱里。宝玉央求贾母，说他在碧纱橱外面也可以，不必搬出来。贾母想了想也同意了。

因黛玉只带了两人，一个是自幼奶娘王嬷嬷，一个是十岁的丫头雪雁

林黛玉初抵荣国府，依礼节拜访家中长辈，先跟随邢氏拜访贾赦，后又去王夫人院拜访贾政。

林黛玉进贾府示意图

图例说明：

方位：北、南、西、东

建筑布局标注：
- 西穿堂、后院、东穿堂、南北宽夹道、西角门、李纨房、东角门、东院
- 五间上房、倒座三间小小的抱厦厅、东廊三间小正房、东小院
- 后楼、荣禧堂后身、王夫人院、赵姨娘房、周姨娘房
- 小小的三间厅、贾母院
- 五间大正房（荣禧堂）、耳房、耳房
- 穿堂、两边是抄手游廊
- 厢房、贾政院、厢房、"体仁沐德"院
- 内仪门、贾政内书房、梦坡斋
- 穿堂、穿堂
- 暖阁、向南大厅、暖阁
- 宝玉外书房（绮霰斋）、贾赦院
- 一射之地
- 李赵张王四个奶妈家、贾政外书房、荣国府正院、贾赦外书房
- 角门、仪门、角门
- 南院马栅
- 西角门、三间兽头大门、东角门、黑油大门

黛玉行动路线标注（红色）：
- 王熙凤从后房门进来
- 与贾母相见痛哭
- 贾母安排黛玉见两个舅舅，众人送至穿堂门前
- 邢夫人带黛玉去拜访贾赦
- 在垂花门前下轿，扶着婆子的手，进垂花门了
- 走了一射之地
- 进了西边角门
- 出了西角门

绿色路线标注：
- 和王夫人聊天，因贾政去斋戒，未见黛玉
- 进东房门
- 过一个东西穿堂
- 因贾赦生病未见黛玉
- 进入三层仪（门）
- 仪门前下轿
- 邢夫人送至仪门前
- 进入黑油大门
- 往东过荣国府大门

---- → 黛玉拜见贾母路线

宁国府平面图

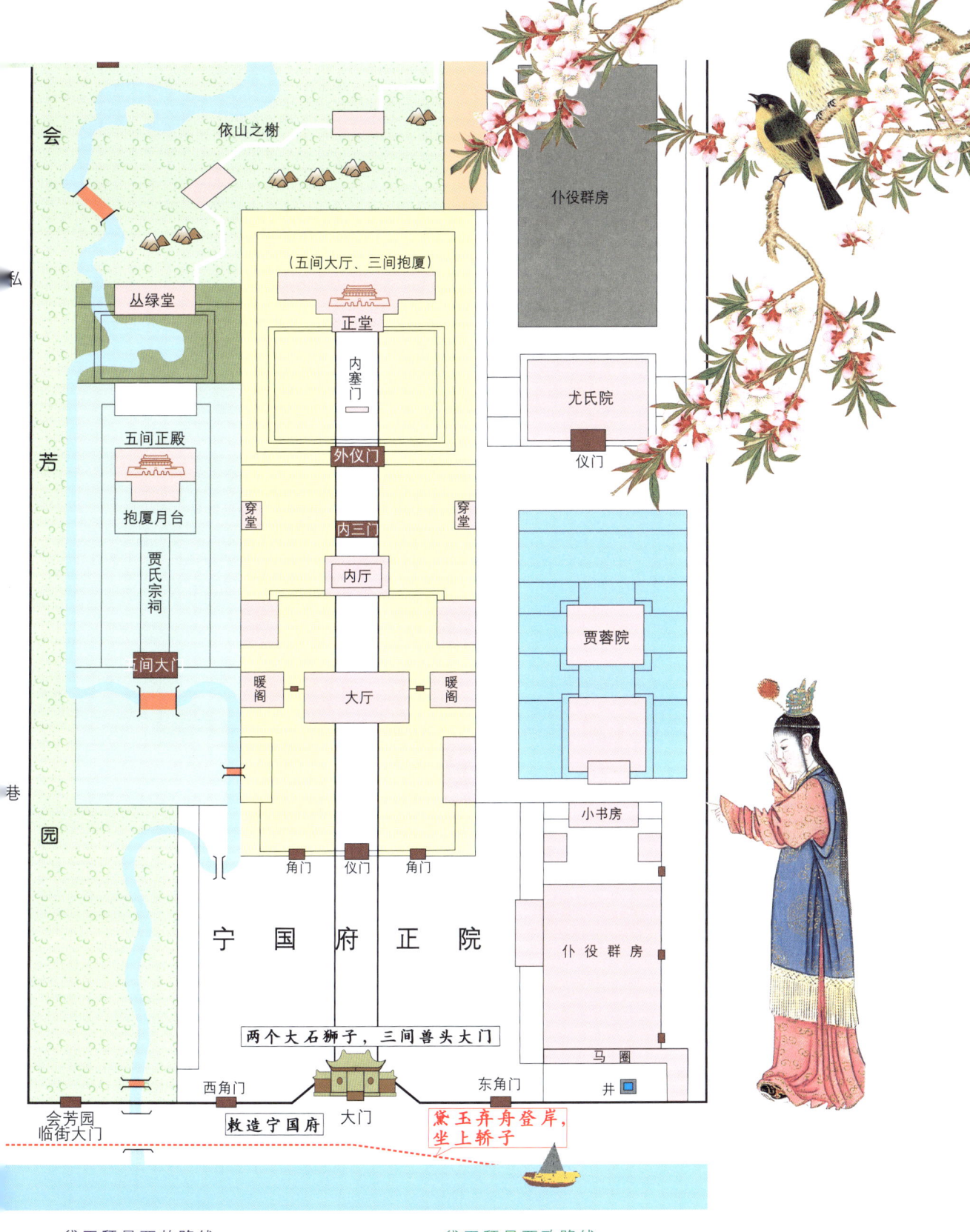

- 会芳园
- 依山之榭
- 丛绿堂
- 五间正殿
- 抱厦月台
- 贾氏宗祠
- 三间大门
- 会芳园临街大门
- 正堂（五间大厅、三间抱厦）
- 内塞门
- 外仪门
- 穿堂
- 内三门
- 内厅
- 暖阁
- 大厅
- 暖阁
- 角门
- 仪门
- 角门
- 宁国府正院
- 两个大石狮子，三间兽头大门
- 西角门
- 敕造宁国府 大门
- 东角门
- 仆役群房
- 尤氏院
- 仪门
- 贾蓉院
- 小书房
- 仆役群房
- 马圈
- 井
- 黛玉弃舟登岸，坐上轿子

┈┈▶ 黛玉拜见贾赦路线　　┈┈▶ 黛玉拜见贾政路线

017

（yàn），也是自幼随身的。贾母怕王嬷嬷和雪雁不能好好照顾黛玉，便将自己身边的一个名唤鹦（yīng）哥的丫头给了黛玉。

晚上准备上床前，黛玉想到自己惹得宝玉摔玉一事，伤心地哭了。宝玉的大丫鬟袭人和鹦哥忙安慰她。三人说了一会儿话，方才各自休息了。

经典名句

潦倒不通世务，愚顽怕读文章。
富贵不知乐业，贫穷难耐凄凉。

经典原文

贾母因笑道："外客未见，就脱了衣裳，还不去见你妹妹！"宝玉早已看见多了一个姊（zǐ）妹，便料定是林姑妈之女，忙来作揖（yī）。厮见毕归坐，细看形容，与各别：两弯似蹙①（cù）非蹙罥（juàn）烟眉②，一双似喜非喜含情目。态生两靥③（yè）之愁，娇袭一身之病。泪光点点，娇喘微微。闲静时如姣（jiāo）花照水，行动处似弱柳扶风。心较比干多一窍，病如西子胜三分。宝玉看罢，因笑道："这个妹妹我曾见过的。"贾母笑道："可又是胡说！你又何曾见过她？"宝玉笑道："虽然未曾见过她，然我看着面善，心里就算是旧相识，今日只作远别重逢，未为不可。"贾母笑道："更好，更好，若如此，更相和睦了！"

注释：①似蹙：蹙，皱的意思。②罥烟眉：形容眉毛像烟一样轻。③靥：酒窝。

课外试题

宝玉送给黛玉哪两个字？

宝玉送给黛玉"颦颦"两个字。

答案

第四回

葫芦僧
乱判葫芦案

人物	性格	意喻	身份
冯渊	至情至性、单纯天真	逢冤	金陵一乡绅之子

点题

贾雨村刚到应天府上任,就遇到了一桩人命官司,在门子的帮助下拿到了护官符,然后按照门子的计策,胡乱判案。

贾雨村在贾政的帮助下,谋得了应天府知府一职,刚上任就遇到了一桩人命官司。原来,薛、冯两家因争买一个婢(bì)女,互不相让,以致闹出了人命。雨村听完原告的陈述后,正要发逮捕令叫人捉拿凶犯,却看见一个门子向他使了个眼色。

雨村见了,有些纳闷,便叫退堂,把门子叫到密室里。这门子原来是葫芦庙里的一个小和尚,因几年前葫芦庙失火,没有安身之处,只好改行当衙(yá)役(yì)。贾雨村见是老熟人,便笑着拉他手坐下,问道:"刚才,你为什么不让我发逮捕令?"门子问道:"大人来了应天府,有没有抄过一张护官符?"雨村说:"我没听说过护官符。"门子便说:"没有护官符,您这官恐怕做不长。"说完便将一张护官符递过来。雨村接过一看,上面写着:

贾不假,白玉为堂金作马。

阿房宫，三百里，住不下金陵一个史。

东海缺少白玉床，龙王来请金陵王。

丰年好大雪，珍珠如土金如铁。

　　雨村还没看完，这门子就说："这护官符上的贾、史、王、薛四家互有亲戚关系，一荣俱荣，一损俱损，相互照应。这案子里的被告就是'丰年好大雪'的薛家。他们家族的世交好友都是位高权重之人，老爷如今

找谁要人呢？

贾雨村听了，笑道："这么说，你大概知道凶犯躲在哪里吧？"门子听了，说道："我不但知道凶犯躲在哪里，而且认识拐卖之人和死去的买主。"原来，那个被打死的买主是本地的一个小乡绅冯渊。冯渊看上了拐

> 贾雨村荣升应天府知府后，在判决薛蟠一案时，门子秘密告知贾雨村当前的世道形势，贾雨村了解后趋炎附势，草草结案。

子卖的那个丫头,就把赎金给了拐子,只是要等三天后才来接人。谁知道这个拐子又偷偷将那丫头卖给了薛家公子薛蟠(pán)。之后,拐子带着两家的银子逃跑,结果半路被两家捉住,打个半死。因为薛、冯两家都不愿要银子,只想拿人。于是,薛蟠就叫下人把冯公子打死,然后把人带走了。这个被买的丫头就是贾雨村的大恩人甄士隐丢失的女儿——甄英莲。

贾雨村听了,并不关心甄英莲的事情,只关心怎样结案才不会得罪四大家族。门子为了讨好贾雨村,就给他献计。次日坐堂,雨村依计而行,胡乱断了案。

果然,冯家得了一大笔银子后,就不再告薛家了。贾雨村了结此案后,立即写了两封信分别送给贾政和京营节度使王子腾邀功。因为怕胡乱判案这件事败露,几个月后,贾雨村找了个由头,把门子远远地流放到边疆去了。

那买了甄英莲的薛蟠自幼丧父,因母亲溺(nì)爱纵容,性情蛮横傲慢,不学无术。薛蟠打死人后,就带着母亲薛姨妈和妹妹薛宝钗进京。薛姨妈是王子腾和贾政妻子王夫人的妹妹。薛姨妈一家刚进入京城,就听闻王子腾要去边疆任职。薛蟠听了暗喜进京后舅舅管不到自己。谁知薛姨妈却说京中房产久未有人居住,舅舅虽走,贾家姨妈未必不留我们。薛蟠见母亲如此说,便又带着家人奔向荣国府去了。

薛家一家来到荣国府,见过贾政、贾赦之后,贾政对王夫人道:"薛姨妈年纪大了,外甥年轻不懂事,在外恐有人生事。咱们东北角上的梨香院一所十来间房,打扫了,请他们住下。"于是,薛家母子就在贾府的梨香院住下了。

这梨香院是当年荣国公暮年养静之所,约有十余间房屋,前厅后舍俱全。另有一门通街，薛家人就从此门出入。西南有一角门，通一夹道，出夹道便是王夫人正房的东边。每日有时间薛姨妈便过来，或与贾母闲谈，或与王夫人相叙。宝钗也与黛玉、迎春等姐妹相处融洽。

经典名句

正是梦幻情缘，恰遇一对薄命儿女。

捐躯报国恩，未报身犹在。

贫贱之交不可忘。

大丈夫相时而动。

经典原文

雨村听了，亦叹道："这也是他们的孽（niè）障①遭遇，亦非偶然。这冯渊如何偏只看上了这英莲？这英莲受了拐子这几年折磨，才得了个路头②，且又是个多情的，若能聚合了，倒是件美事，偏又生出这段事来。这薛家纵比冯家富贵，想其为人，自然姬妾众多，淫佚（yì）无度，未必及冯渊定情于一人者。这正是梦幻情缘，恰遇一对薄命儿女。且不要议论他，只目今这官司，如何剖断才好？"

注释：①孽障：佛教中的语言，指前世所作的种种恶因，致为今生的障碍。②路头：指出路。

课外试题

护官符里的四大家族指的是哪四家？

答案：贾、史、王、薛四家。

贾宝玉梦游太虚幻境，目睹预示金陵十二钗命运走向的神秘命册，聆听悲歌仙曲。

第五回

宝玉梦游太虚幻境

人物	意喻	身份	住所
警幻仙子	设计情欲声色梦幻警醒宝玉入仕途经济正路	爱神、美神、太虚幻境司主	太虚幻境

点题

宝玉去宁国府赏梅花，玩累了去秦氏房间午睡，结果梦见自己在警幻仙姑的带领下到太虚幻境游玩。

有一天，宁国府的梅花开了。贾珍的妻子尤氏邀请贾母、邢夫人、王夫人等去赏花。中午，宝玉玩累了想睡午觉。贾母便让贾蓉的妻子秦氏带宝玉到收拾好的房间休息。因宝玉不喜欢已经安排好的房间，秦氏只好带宝玉去自己的房间。秦氏安顿好宝玉后，就到院子里看猫儿、狗儿打架。

宝玉闭上眼睛，正睡得恍恍惚惚的时候，突然看见秦氏站在眼前，就悠悠荡荡地跟着她到了一处仙境，不久就遇见了一个仙姑。这仙姑自称是居住在离恨天之上、灌愁海之中太虚幻境的警幻仙姑。警幻仙姑又邀请宝玉去太虚幻境喝酒、饮茶、听曲。

宝玉听了非常高兴，也不管秦氏在哪里，就跟警幻仙姑走了。进入太虚幻境，宝玉见到了两排配殿，有几处匾额上写的是"痴情司""结怨司"……宝玉非常好奇，央求警幻仙姑带他进去看看，警幻仙姑就将他带进薄命司。

　　进到里面，只看见里面有十几个大橱柜，都用封条封住，封条上写着各省的地名。宝玉只挑自己家乡金陵的封条看。宝玉随便翻了"金陵十二钗又副册"和"金陵十二钗副册"的一两页来看，最后拿了"金陵十二钗正册"来看。看了十一页后，宝玉还想往下看。警幻仙姑怕泄露天仙，就把册子合上，带宝玉出去游玩。

　　警幻仙姑把宝玉带进了一个宫殿，里面的几个仙子见到了宝玉，就埋怨说："原以为迎接的是绛珠妹子，哪知你带来的却是这个浊物？"宝玉听了也觉得自己污秽（huì）不堪。警幻仙姑忙解释说，荣国公和宁国公托她带宝玉来看记录他们家上、中、下等女子命运的卷册，希望他能有所领悟。因宝玉什么都没领悟到，她只好带他来这里。

　　进入房间，警幻仙姑让宝玉先闻"群芳髓（suǐ）香"，再品"千红一窟茶"。喝过"万艳同杯酒"后，警幻仙姑就命歌伎（jì）们演奏《红楼梦》十二曲子。《红楼梦》十二曲子描述了与宝玉关系密切的十二个年轻女子的命运。可惜宝玉听完曲子，还是什么都没有领悟到，让警幻仙姑叹惜不已。

　　警幻仙姑看到宝玉困了，就叫一位名叫可卿（qīng）的女子带宝玉进房休息。次日一早，宝玉和可卿出去游玩，不久两人就来到了迷津。在迷津翻滚着的黑水里，突然冒出许多鬼怪夜叉，一把抓住宝玉就往下拖。宝玉吓得浑身冷汗直流，大叫"可卿救我"。

　　袭人听到后，忙叫醒宝玉。宝玉醒过来后，才知道是一场噩梦。喝了几口桂圆汤，宝玉才慢慢缓过神来。秦氏在外面看猫狗打架，听到宝玉在梦中叫自己的小名，不禁觉得有些纳闷，因为这里没有人知道她的小名。

经典名句

世事洞明皆学问，人情练达即文章。

嫩寒锁梦因春冷，芳气笼人是酒香。

春梦随云散，飞花逐水流。

假作真时真亦假，无为有处有还无。

经典原文

饮酒间，又有十二个舞女上来，请问演何词曲。警幻道："就将新制《红楼梦》十二支演上来。"舞女们答应了，便轻敲檀（tán）板，款按银筝，听他歌道是：

开辟鸿蒙①……

方歌了一句，警幻便说道："此曲不比尘世中所填传奇②之曲，必有生、旦、净、末③之别，又有南北九宫④之限。此或咏叹一人，或感怀一事，偶成一曲，即可谱入管弦。若非个中人，不知其中之妙，料尔亦未必深明此调。若不先阅其稿，后听其歌，反成嚼（jiáo）蜡矣！"说毕，回头命小丫鬟取了《红楼梦》原稿来，递与宝玉。

注释：①鸿蒙：传说盘古开天辟地之前，世界还是一团混沌的样子，因此就把那个时代叫作鸿蒙时代。②传奇：明代以后将唱南曲为主的长篇戏曲统一称为传奇。③生、旦、净、末：传统戏曲的角色类型。④九宫：即九宫调。

课外试题

警幻仙姑为什么要带宝玉梦游太虚幻境？宝玉有没有听懂《红楼梦》十二支曲子所隐含的深意？

答案

警幻仙姑想用声色来警醒宝玉。宝玉没有听懂，对十二支曲子所隐含的深意毫无察觉。

第六回

刘姥姥一进荣国府

人物	性格	身份	工作
周瑞家的	喜欢显摆，处事圆滑，善于见风使舵	周瑞的妻子，王夫人的陪房，冷子兴的岳母	管太太、奶奶们出行的事务

点题

刘姥姥因女婿王狗儿没钱过年，便自告奋勇去荣国府打秋风，在周瑞家的帮助下从凤姐手中拿到了二十两银子和一吊钱。

荣国府一宅子的人算起来，上上下下有三四百人。事情一天也有一二十件，有如乱麻一样，不知道怎么说起。恰好，在京郊那里有一户小小的人家，因为跟荣国府有点小小的瓜葛，这天正向荣国府走来。

这户人家是京城本地人，姓王，小名狗儿，生有一子一女，女儿叫青儿，儿子叫板儿，都只有四五岁。由于家务繁忙，狗儿便将岳母刘姥姥接来照看青儿和板儿。狗儿的祖父曾做过小小的京官，跟凤姐的祖父、王夫人的父亲相识。于是两家就联了宗，凤姐祖父认狗儿的祖父作侄儿。

这年冬天，家里眼看就要没钱过年了。于是刘姥姥就在一天夜里自告奋勇去荣国府找王夫人打秋风。狗儿名利心重便同意了，还指点刘姥姥去了荣国府怎么行事。

次日一大早，刘姥姥就带着板儿进城，找到宁荣街。来到荣府大门石狮子前，刘姥姥不敢过去，教了板儿几句话，然后蹭到角门前。有几人正坐在此处说话，刘姥姥请他们叫一下周瑞家的。其中有一人告诉刘姥姥，周瑞家住在后面，从这边绕到后街上的后门处去问就是。刘姥姥听了谢过后，遂携了板儿，绕到后门上。后街也十分热闹，门前有好几个孩童玩闹，刘姥姥便拉住问道："太太的陪房周瑞家的周大娘在家么？"孩子们便引着刘姥姥进了后门，至一院墙边，指与刘姥姥道："这就是他家。"

刘姥姥见了周瑞家的，说明来意。因为王狗儿的父亲曾帮周瑞摆平过官司，加上想显摆自己的本事，周瑞家的便答应帮刘姥姥去通个信。二人又说些闲话，之后周瑞家的亲自带刘姥姥去见凤姐。刘姥姥整理了下衣服，又教了板儿几句话，随着周瑞家的，逶迤（wēi yí）往贾琏的住处来。

先到了倒厅，周瑞家的让刘姥姥在那里等一等。自己先过了影壁，进了院门，和凤姐的一个心腹通房大丫头名唤平儿的说明刘姥姥的来意。平儿听了，便叫他们先进来。于是，周瑞家的出去引刘姥姥和板儿进入院来。

刘姥姥跟着周瑞家的来到凤姐的屋子。刚走进屋里，就闻到一阵扑鼻香气，只见满屋中的物件都耀眼争光，让人头晕目眩。不久，平儿出来，先请刘姥姥坐下。刘姥姥见平儿身上穿着绫（líng）罗绸缎（chóu

刘姥姥初会王熙凤，王熙凤虽然态度高傲，但也施舍怜悯，赠刘姥姥一些钱财。

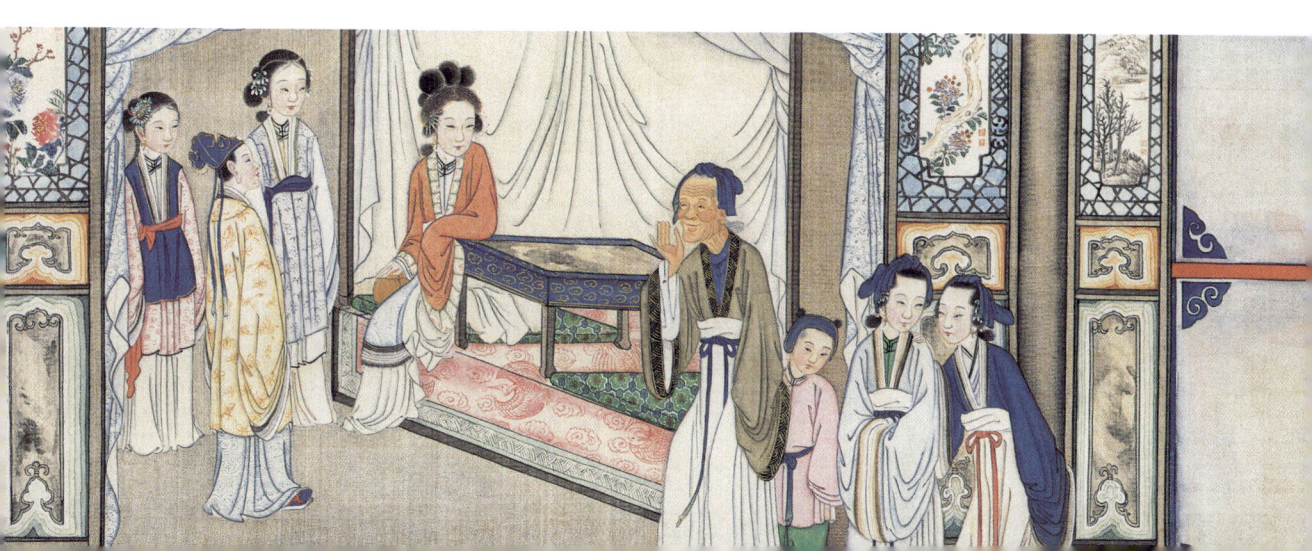

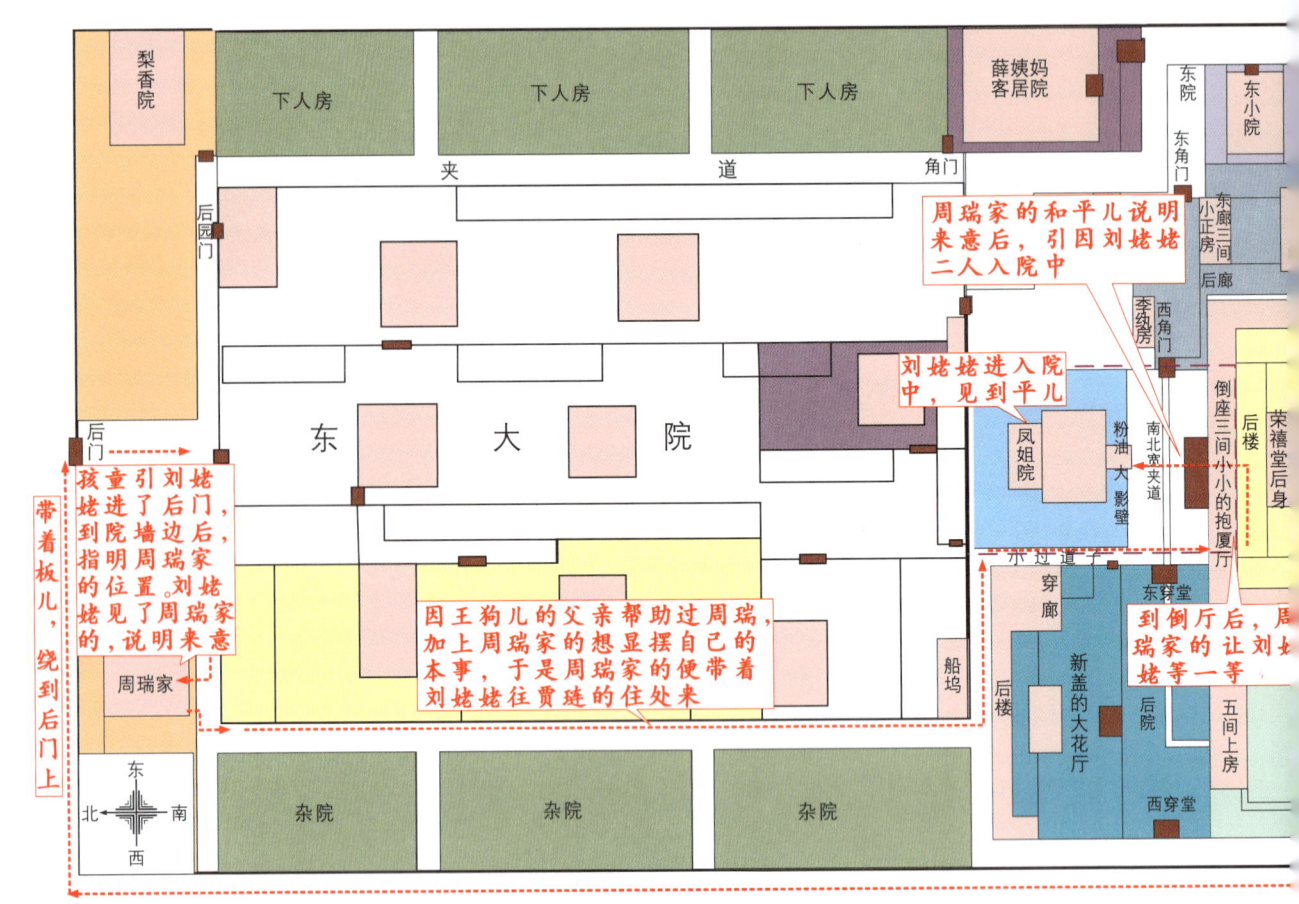

刘姥姥初入荣国府示意图

（duàn），头上插金带银的，还以为是凤姐，刚要下拜，平儿忙拦住。凤姐回来后先吃了饭，才让人请刘姥姥过来。周瑞家的带刘姥姥至堂屋中，又交代了几句，才到凤姐这边屋子来。

只见门外铜钩上悬着大红撒花软帘，南窗下是炕。凤姐坐在炕上，看到刘姥姥和板儿进来，还没起身就满面春风地问好，并请刘姥姥坐下。凤姐一边笑着和刘姥姥说闲话，一边让周瑞家的去问王夫人的意见。周瑞家的回来后，一边回话，一边给刘姥姥使眼色。刘姥姥扭捏（niè）了半天，才说出家里困难才来投奔之类的话。凤姐明白了她的意思，就叫让周瑞家的先带刘姥姥和板儿去吃饭。刘姥姥吃完饭，前来道谢。凤姐笑说："你的来意我已经知道了。原本亲戚有困难，不等上门就应该照

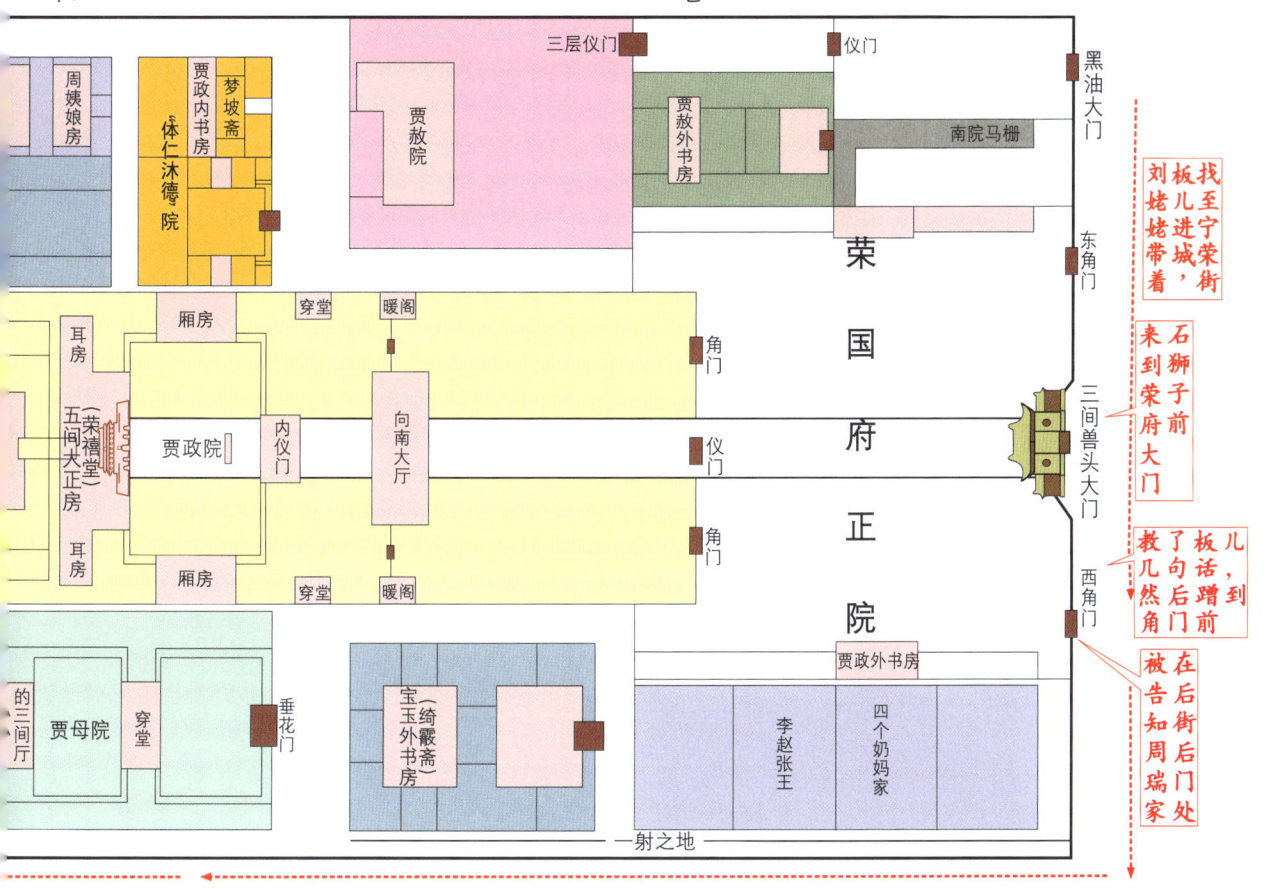

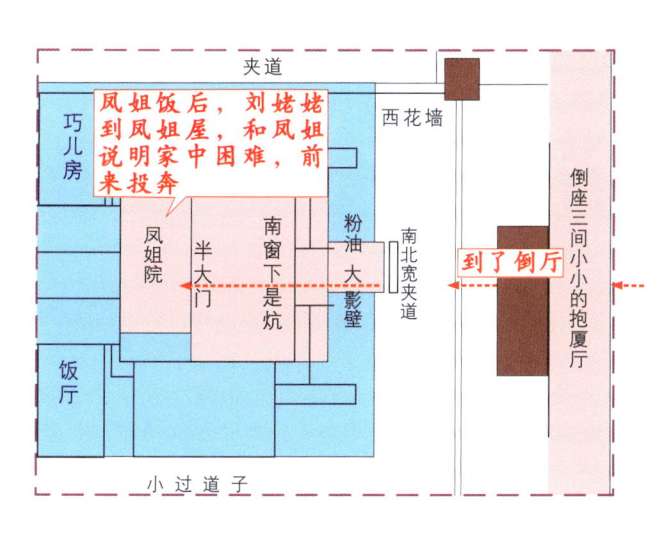

私巷

荣国府正院平面图（标注）：周姨娘房、贾政内书房、体仁沐德院、梦坡斋、贾赦院、三层仪门、贾赦外书房、仪门、南院马栅、黑油大门、东角门、三间兽头大门、西角门、厢房、耳房、穿堂、暖阁、角门、（荣禧堂）五间大正房、贾政院、内仪门、向南大厅、仪门、的三间厅、贾母院、穿堂、垂花门、（宝玉绮霰斋）宝玉外书房、贾政外书房、李赵张王、四个奶妈家、一射之地

路线标注：
- 刘姥姥板儿进城，找至宁荣街
- 来到荣府大门石狮子前
- 教了板儿几句话，然后蹭到西角门前
- 在后街后门处被告知周瑞家

→ 刘姥姥进荣国府路线

从倒厅到凤姐院的扩大示意图

平面图标注：夹道、西花墙、巧儿房、凤姐院、半大门、南窗下是炕、粉油大影壁、南北宽夹道、倒座三间小小的抱厦厅、饭厅、小过道子

标注：凤姐饭后，刘姥姥到凤姐屋，和凤姐说明家中困难，前来投奔

→ 到了倒厅

应的。只是别看我们家大业大的，却不知道大有大的难处，说出来别人也不信。但今天你来了，就没有让你空手回去的道理。我这里正有太太给丫头做衣服的二十两银子给刘姥姥，如果你不嫌少，就先拿去用吧。"

刘姥姥听了，高兴得浑身发痒，连粗口话都冒出来了。周瑞家的忙给她使眼色。凤姐看见了，只是笑而不语，让平儿包了二十两银子给刘姥姥，又给刘姥姥一吊铜钱雇车用。刘姥姥只管千恩万谢的，拿了银子跟着周瑞家的出去了。刘姥姥拿一块银子谢给周瑞家的，周瑞家的哪里看上这点银子，执意不收。刘姥姥感激不尽，带着板儿回家去了。

经典名句

与人方便，自己方便。
谋事在人，成事在天。
瘦死的骆驼比马大。

经典原文

只见门外錾（zàn）①铜钩上悬着大红撒花软帘，南窗下是炕，炕上大红毡（zhān）条，靠东边板壁立着一个锁子锦靠背与一个引枕，铺着金心绿闪缎大坐褥，旁边有雕漆痰（tán）盒。那凤姐儿家常带着秋板貂鼠昭君套，围着攒（cuán）珠勒子②，穿着桃红撒花袄，石青刻丝灰鼠披风，大红洋绉（zhòu）银鼠皮裙，粉光脂艳，端端正正坐在那里，手内拿着小铜火箸（zhù）儿③拨手炉内的灰。平儿站在炕沿边，捧着小小的一个填漆茶盘，盘内一个小盖钟。凤姐也不接茶，也不抬头，只管拨手炉内的灰，慢慢的问道："怎么还不请进来？"

注释：①錾：在金石上雕刻。②勒子：帽箍，用珠玉穿缀或用绒绸制成，套在额头上，掩于耳后。③火箸：拨火的筷子。

课外试题

刘姥姥为什么敢去荣国府打秋风？

答案：刘姥姥的女婿王狗儿的祖父和王夫人之父连了宗，认了亲戚，又因家道艰难，所以才敢去荣国府打秋风。

第七回

见宫花
黛玉使性子

人物	性格	身份	工作
焦大	忠心护主、疾恶如仇、居功自傲、直白不会变通	宁国府的老忠仆	管外出送人的事务

点 题

薛姨妈叫周瑞家的帮她给贾家的三个姑娘、黛玉和凤姐送宫花。黛玉见送给自己的是最后两枝宫花，就生气地说："我就知道，别人不挑剩下的，也不给我。"

周瑞家的送走刘姥姥后，便去回王夫人的话。谁知王夫人不在上房，问丫鬟（huán）才知道去薛姨妈那里了。周瑞家的听说后，便转出东角门至东院，往梨香院去。到院门前，看见王夫人的丫鬟金钏（chuàn）儿。金钏儿知道她有事来找，便指了指屋里。周瑞家的掀开门帘进去，看见王夫人和薛姨妈正在闲话家常，不敢打扰，就去里间看薛宝钗。

薛宝钗见到周瑞家的进来，笑着让坐："周姐姐坐。"周瑞家的也忙笑着问："姑娘好？"一面在炕沿上坐下和宝钗闲聊。不久两人说到了宝钗的病。宝钗说，她这个病是从胎里带来的热毒，最初用什么药都治不好，幸亏有个秃头和尚开了个药方，按药方制成了冷香丸，病发时吃一丸就好了。

两人正聊着，突然听到王夫人叫周瑞家的。周瑞家的出来，回了话刚想退下，薛姨妈突然笑道："我这有宫里头做的堆纱花儿十二枝，你带

周瑞家的应薛姨妈的请求,将宫花送给贾府各姐妹,来找黛玉时,黛玉正巧在宝玉房中解九连环玩。

了去。你家的三位姑娘，每人两枝，剩下六枝，送林姑娘两枝，那四枝给了凤姐吧。"王夫人让薛姨妈留着给宝钗戴，薛姨妈却说宝钗不喜欢这些花儿、粉儿。

周瑞家的拿着装宫花的匣子，走出房门，就看见香菱（líng）笑嘻嘻地走来，便拉着她问："几岁了？父母现在在哪里？原本是哪里人？"香菱都摇头说："不记得了。"周瑞家的听了，不由叹息伤感起来。

周瑞家的顺路先到王夫人房后，原来近日贾母说孙女太多，挤着不方便，就将迎春、探春、惜春三人移到王夫人这边房后三间小抱厦内居住，让李纨（wán）陪伴照管。周瑞家的将六枝宫花送给迎春、探春、惜春三姐妹，就往凤姐处去。穿过夹道从李纨后窗下过，隔着窗户，见李纨在炕上歪着睡觉，便越过西花墙，出西角门进入凤姐院中，往东边屋里去。平儿见了周瑞家的问："您又来做什么？"周瑞家的忙拿匣子给她，说了送花的事。平儿听了，便打开匣子，拿了四枝。

周瑞家的这才往贾母这边来，穿过了穿堂，抬头见她女儿从婆家来求王夫人救女婿冷子兴。原来，冷子兴因酒后和人争斗，被衙门押进大牢了。周瑞家的听了也没当一回事，只让女儿先回家，自己晚上去求凤姐就完事了。

周瑞家的到了黛玉房中，却没见黛玉。原来黛玉此时正在宝玉房中解九连环玩。周瑞家的进来笑着说明来意，宝玉听后，便先接过匣子，打开看了一下，

035

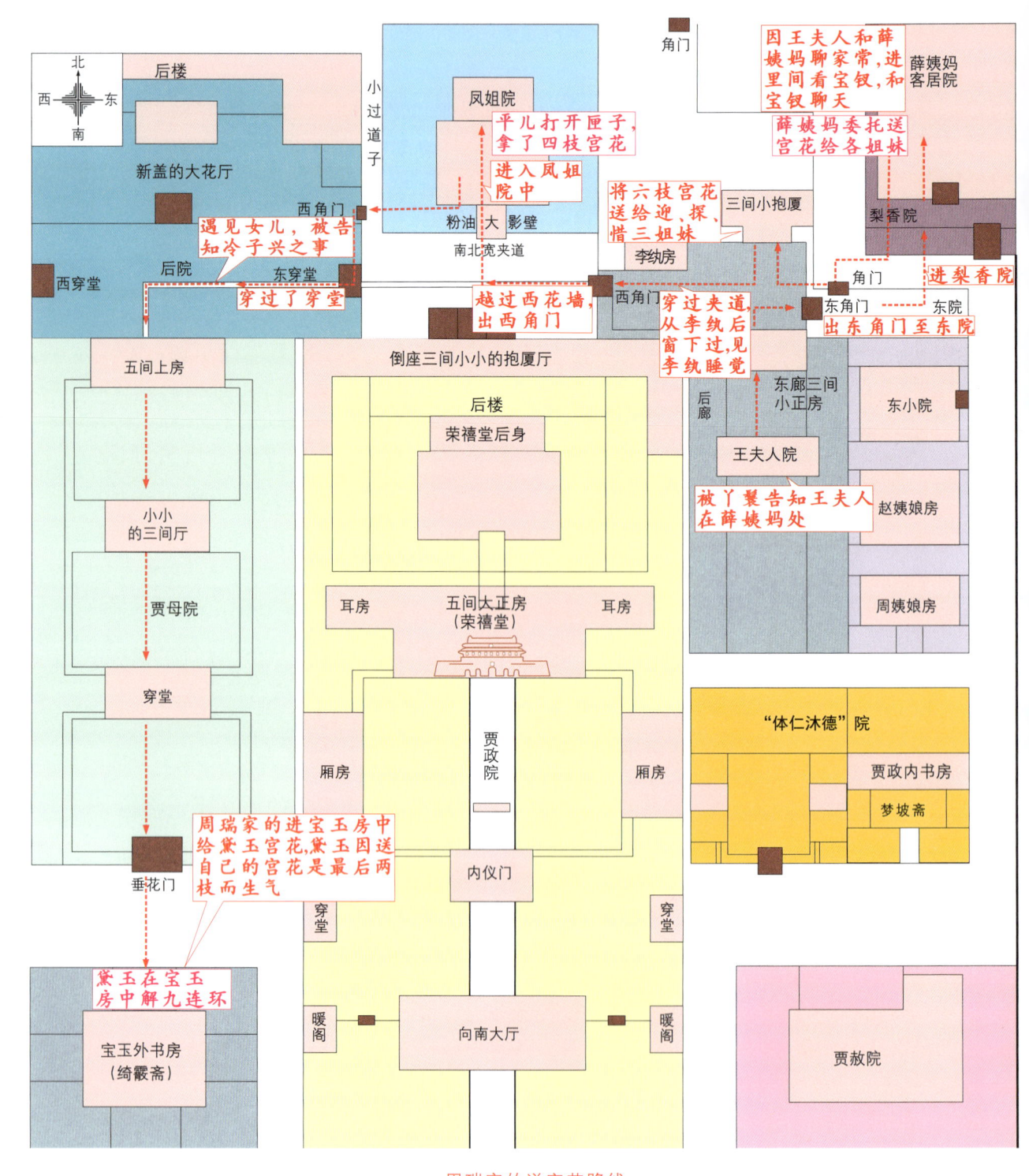

薛姨妈托周瑞家的送宫花示意图

原来是宫制堆纱新巧的假花。黛玉就着宝玉的手看了一下，问道："是单送我一个人的，还是别的姑娘都有了？"周瑞家的说道："各位都有了，这两枝是姑娘的了。"黛玉冷笑道："我就知道，别人不挑剩下的，也不给我，替我道谢罢！"周瑞家的听了，一声不吭。宝玉便问道："你做什么去那边？"周瑞家的说："太太在那里，回话去了，姨太太就顺便叫我带来了。"宝玉道："宝姐姐这几日在家做什么？怎么不来这边？"周瑞家的道："生病了。"宝玉听了，便对一个丫头说："你替我去向薛姨妈和宝姐姐请安，就说我今天没空，改日再去看看宝姐姐吧。"

第二天，凤姐和宝玉应邀去宁国府玩。二人坐了车，进入宁府。早有贾珍之妻尤氏与贾蓉之妻秦氏婆媳两个，引了许多丫鬟媳妇在仪门处迎接。尤氏一边和凤姐谈笑，一边拉着宝玉一起走进上房坐下。进屋后，大家说了一会儿话，贾蓉来请安，说秦氏的弟弟也在此处。凤姐便让贾蓉带秦氏的弟弟秦钟来给自己看看。秦钟来后，宝玉见他人品出众，而且与自己很是投缘，就邀请他一起去贾府的私塾（shú）上课。

待吃过晚饭，天黑了，秦钟便起身告辞。尤氏问："派了谁送去？"媳妇们回说："派了焦大，但焦大喝醉了，又骂呢。"几人谈论几句这焦大之事后，凤姐起身告辞，和宝玉坐车回去。尤氏等送至大厅，众小厮都在丹墀（chí）侍立。只听那焦大还在骂，先骂赖二，说他做事不公道，欺软怕硬。贾蓉送凤姐的车出去，忍不住骂了焦大两句。那焦大曾在战场上救过宁国公，哪里把贾蓉放在眼里，反而骂得更狠了，甚至骂贾珍"每日家偷狗戏鸡，爬灰的爬灰，养小叔子的养小叔子"。凤姐和贾蓉等人在远处都装作没听见。

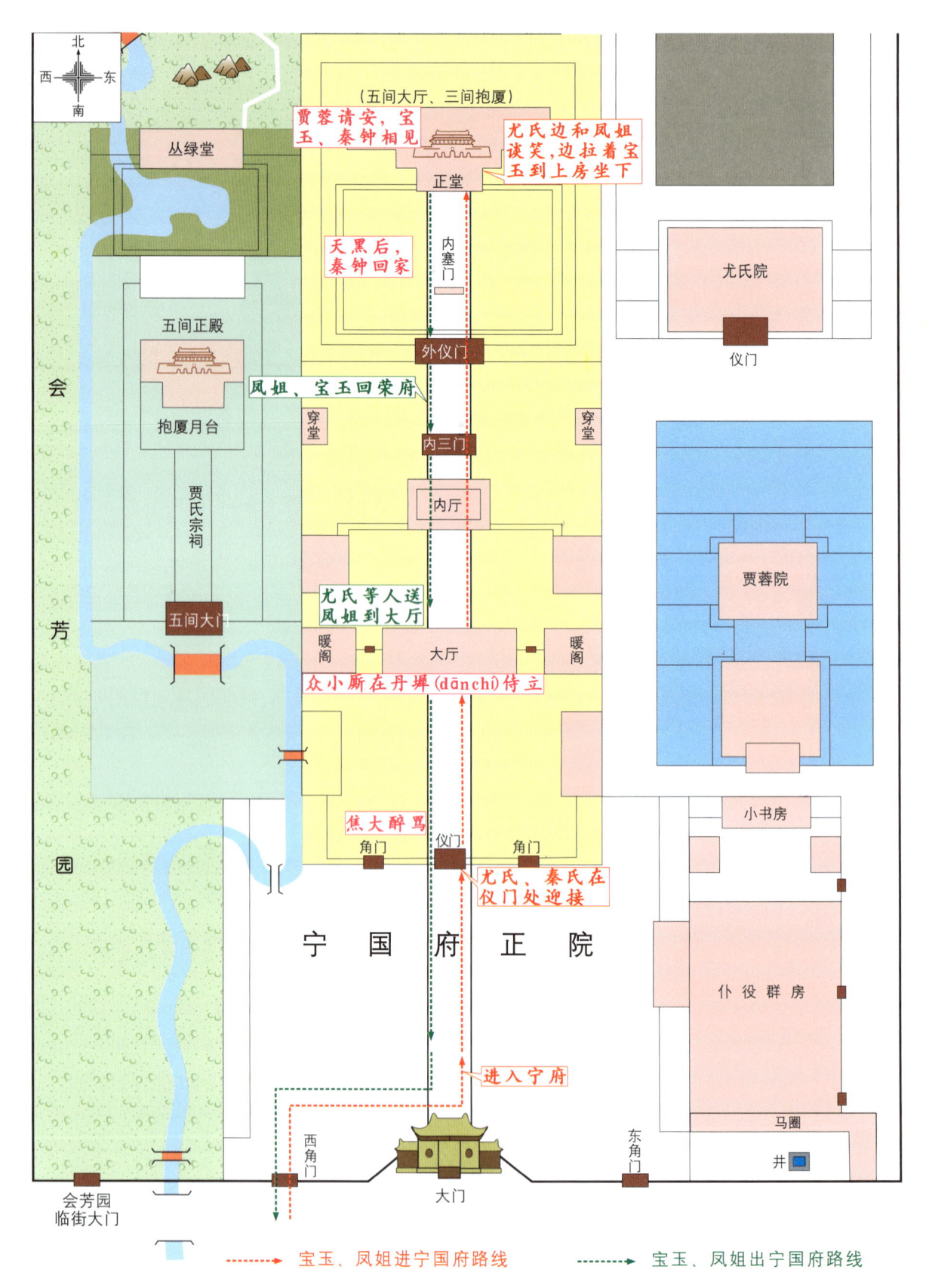

宝玉、凤姐进宁国府示意图

经典名句 胳膊折了往袖子里藏。

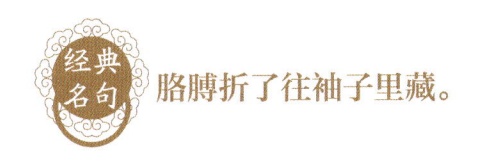

经典原文 正骂的兴头①上，贾蓉送凤姐的车出去，众人喝他不听，贾蓉忍不得，便骂了他两句，使人捆起来，"等明日酒醒了，问他还寻死不寻死了！"那焦大那里把贾蓉放在眼里，反大叫起来，赶着贾蓉叫："蓉哥儿，你别在焦大跟前使主子性儿。别说你这样儿的，就是你爹，你爷爷，也不敢和焦大挺腰子②！不是焦大一个人，你们就做官儿，享荣华，受富贵？你祖宗九死一生挣下这家业，到如今了，不报我的恩，反和我充起主子来了。不和我说别的还可，若再说别的，咱们红刀子进去白刀子出来③！"

注释：①兴头：高兴起劲。②挺腰子：形容拿架子，耍威风。③红刀子进去，白刀子出来：原话应该是"白刀子进去，红刀子出来"，这是因为焦大喝醉了，说错了话。

课外试题

听到女婿冷子兴被押进衙门，周瑞家的为什么一点都不着急？

答案：因为她知道贾府的权势和影响力，坚信凭借贾府的关系能够让自己的女婿免去牢狱之灾。

第八回

探宝钗
黛玉吃醋

人物	性格	姓名	身份
莺儿	活泼可爱、心思灵巧	黄金莺	宝钗的丫鬟

点题

宝玉去梨香院看望养病的宝钗，两人交换了通灵宝玉和金锁来看，不久黛玉也来了。吃晚饭时，黛玉见宝玉听到宝钗的话不喝冷酒，非常不高兴，就借着紫鹃派雪雁给她送手炉的事，来嘲讽宝玉对宝钗言听计从。

这天，宝玉想起宝钗在家里养病，便想着要去瞧一瞧。丫鬟婆子跟着他出来，过了穿堂，便向东走去，又向北绕厅后而去。迎面遇见了门下清客詹光、单聘仁二人走来，请了安，问了好，唠叨半日，才走开。老嬷嬷叫住，问道："二位是从老爷那里过来的？"二人点头道："老爷在梦坡斋小书房里睡午觉呢，没事的。"于是，宝玉转弯向北奔梨香院去，又碰见钱华等七个管事的头目，说笑几句，而后各自散开。

宝玉来到梨香院中，先入薛姨妈室中来，向薛姨妈请安，才进里间看宝钗。刚掀开帘子，就见宝钗坐在炕上做针线。宝玉边走近，边问道："姐姐好点了吗？"宝钗听了，连忙起身笑道："已经大好了！"说着，就让他在炕上坐下，又叫莺儿去倒茶。

宝钗看见宝玉项上挂着通灵宝玉，就笑道："成天说你的这块玉，我今天倒要瞧瞧。"宝玉听了，便摘下来，放在宝钗的手中。宝钗将玉托在手中仔细观看，只见那玉如麻雀蛋般大小，晶莹润泽，五色花纹缠护，玉上还刻有小得像苍蝇头似的篆（zhuàn）体字。

宝钗定睛细看，只见正面刻着"通灵宝玉"四个字，下面是两行字："莫失莫忘，仙寿恒昌。"宝钗将这两行字念了两遍，莺儿站在一旁听了，笑嘻嘻地说道："这两句话倒像和我们姑娘项圈上的两句话是一对呢。"

宝玉听后，连忙请宝钗将金锁摘下来，给他鉴赏。宝钗听了，只好把金锁摘下来递给宝玉。宝玉托在手心细看，果然看见每面刻有四个篆体字，两面八个字，共两句吉利话："不离不弃，芳龄永继。"

宝玉看了，也念了两遍，又念了自己的两遍，笑道："姐姐，这八个字，还真跟我的是一对。"莺儿笑道："是个秃头和尚送的，他说必要刻在金器上——"宝钗没等她说完，就责怪她还不去倒茶，接着问宝玉从哪里来。

突然，外面的人说："林姑娘来了。"话没说完，黛玉就进来了，看见宝玉也在，就笑道："哎呦，我来得不巧了。"宝钗笑道："这话怎么说？"黛玉笑道："早知道他来，我就不来了。"宝钗道："我更不明白这个意思了。"黛玉："今天他来，明天我再来，这样就天天有人来看你了。"

薛姨妈摆好精细的茶果，留宝玉和黛玉吃饭。宝玉要人拿酒来喝，又说："不必烫热了，我只爱吃冷的。"宝钗劝道："宝兄弟，冷酒下肚，要五脏去暖它，对身体不好。"宝玉听了，便让人把酒烫了再喝。

黛玉嗑（kè）着瓜子，只抿（mǐn）着嘴笑，正巧丫鬟雪雁给她送手炉，就笑道："谁叫你送来的？"雪雁说："紫鹃姐姐。"黛玉笑道："我平日和你说的，全当耳旁风；怎么她说了你就依，比圣旨还快呢？"宝玉知道黛玉借此事来嘲讽他，只嘻嘻笑了两声。

041

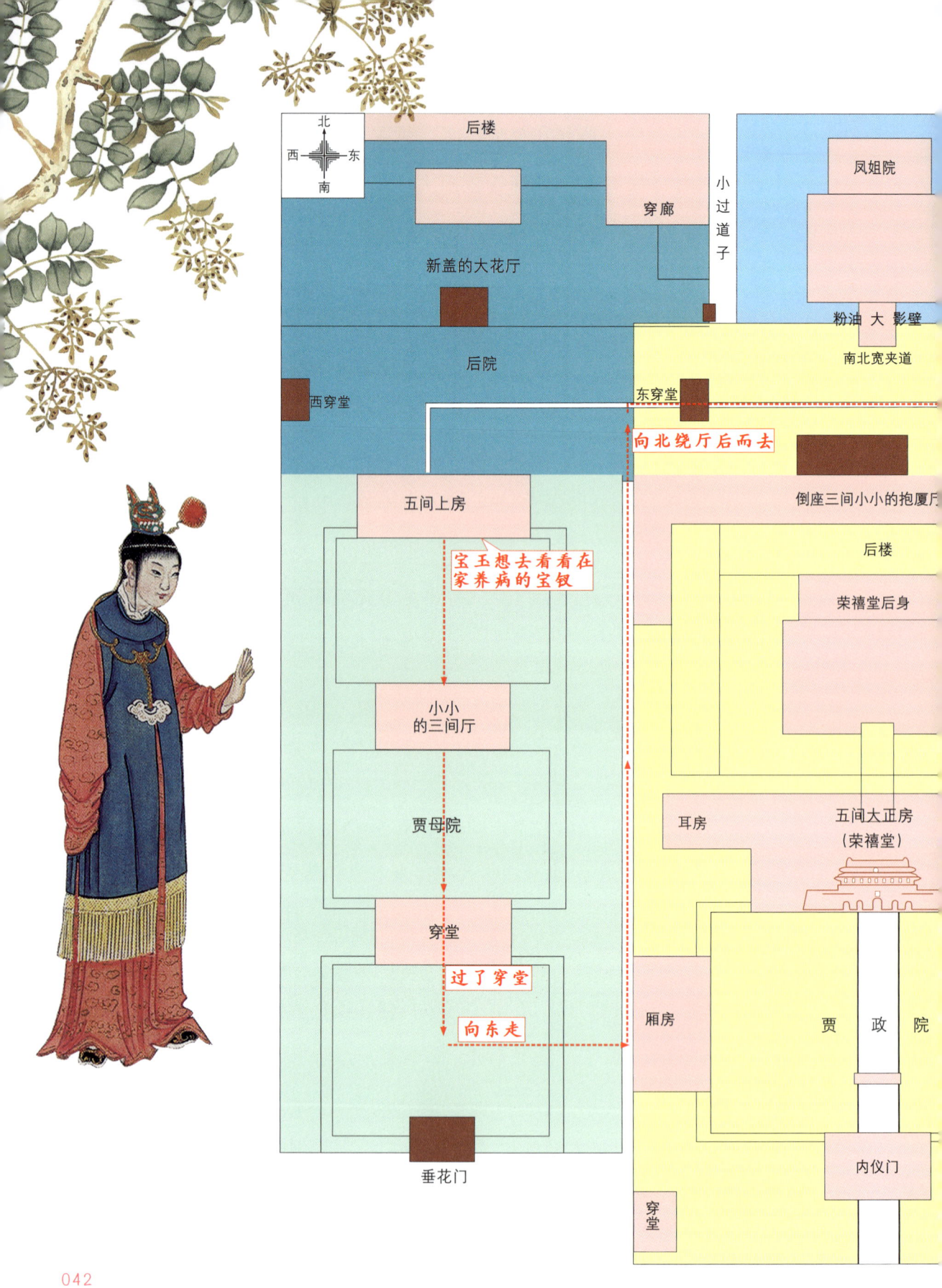

贾宝玉去梨香院示意图

北 西 东 南

后楼
穿廊
新盖的大花厅
小过道子
凤姐院
粉油 大 影壁
南北宽夹道
后院
西穿堂
东穿堂
向北绕厅后而去
倒座三间小小的抱厦厅
五间上房
后楼
宝玉想去看看在家养病的宝钗
荣禧堂后身
小小的三间厅
耳房
五间大正房（荣禧堂）
贾母院
厢房
穿堂
贾政院
过了穿堂
向东走
内仪门
垂花门
穿堂

地图标注

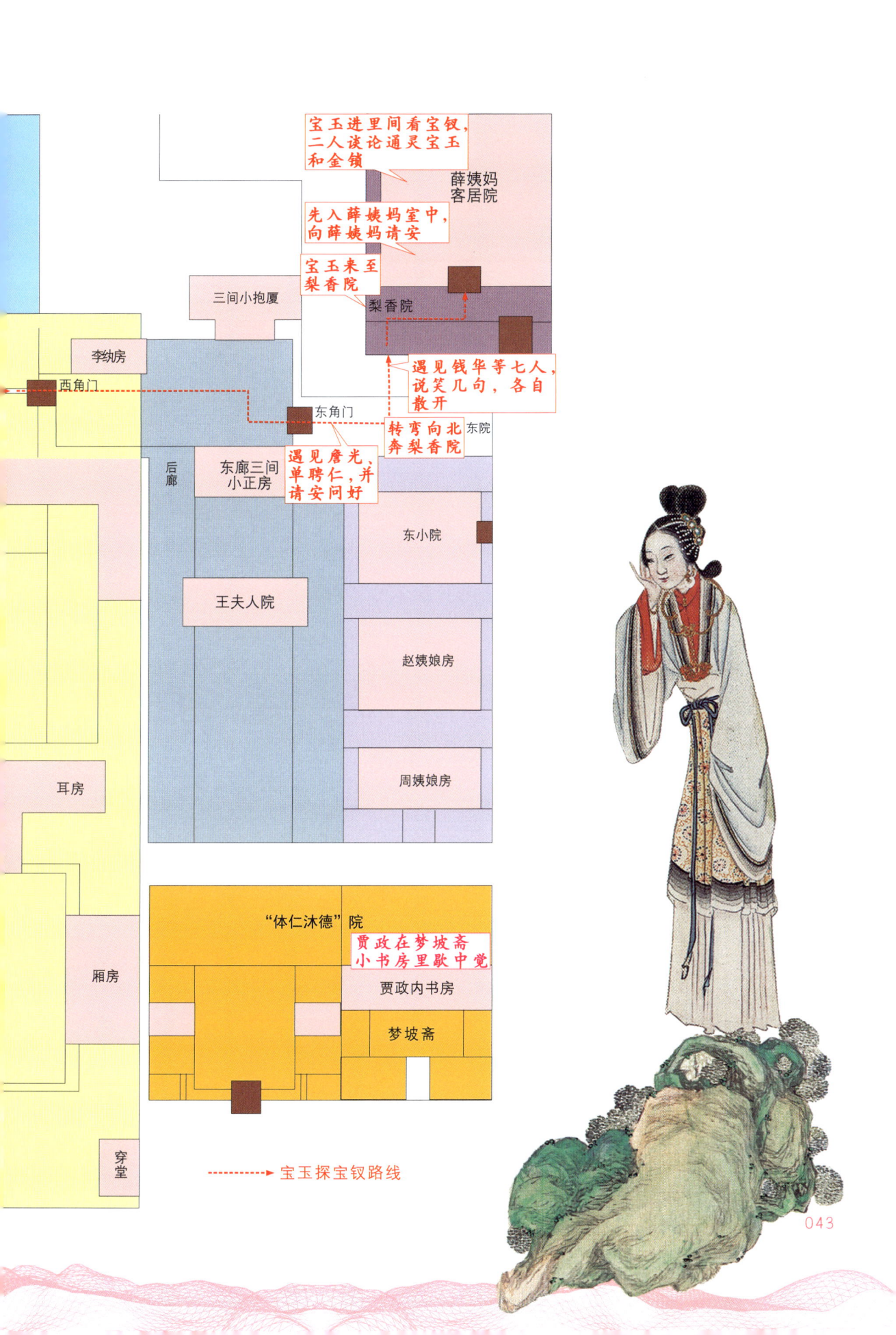

- 宝玉进里间看宝钗，二人谈论通灵宝玉和金锁
- 先入薛姨妈室中，向薛姨妈请安
- 宝玉来至梨香院
- 薛姨妈客居院
- 三间小抱厦
- 梨香院
- 遇见钱华等七人，说笑几句，各自散开
- 李纨房
- 西角门
- 后廊
- 东角门
- 东院
- 转弯向北奔梨香院
- 东廊三间小正房
- 遇见詹光、单聘仁，并请安问好
- 东小院
- 王夫人院
- 赵姨娘房
- 周姨娘房
- 耳房
- 厢房
- "体仁沐德"院
- 贾政在梦坡斋小书房里歇中觉
- 贾政内书房
- 梦坡斋
- 穿堂

-----▶ 宝玉探宝钗路线

043

吃完饭，宝玉和黛玉一起跟薛姨妈道别。宝玉回到房中，听说早上沏好的枫露茶被李嬷嬷喝了，气得摔了茶杯，嚷嚷（rāng rang）着要去跟贾母说赶李嬷嬷出去，袭人连忙拦住。宝玉嚷嚷了一阵就困了，袭人忙把他扶到炕上，让他睡下。

经典名句
好知运败金无彩，堪叹时乖玉不光。
早知日后闲争气，岂肯今朝错读书！

经典原文
说话时，宝玉已是三杯过去。李嬷嬷又上来拦阻。宝玉正在心甜意洽①之时，和宝黛姊妹说说笑笑的，哪肯不吃。宝玉只得屈意②央告："好妈妈，我再吃两钟就不吃了！"李嬷嬷道："你可仔细老爷今儿在家，提防问你的书！"宝玉听了这话，便心中大不自在，慢

贾宝玉因缘际会下，偶然发现薛宝钗项上的金锁，宝钗也细看了宝玉的通灵宝玉。黛玉来梨香院找宝钗，意外遇见宝玉。

慢的放下酒,垂了头。黛玉先忙的说:"别扫大家的兴!舅舅若叫你,只说姨妈留着呢。这个妈妈,他吃了酒,又拿我们来醒脾(pí)③了!"一面悄推宝玉,使他赌气;一面悄悄地咕哝(gū nong)说:"别理那老货!咱们只管乐咱们的。"

注释:①心甜意洽:形容心情美满愉悦。②屈意:委屈心意。③醒脾:消遣解闷。

课外试题

宝玉戴的通灵宝玉上刻的是什么字?宝钗的金锁上刻的是什么字?

答案:通灵宝玉正面刻的是"通灵宝玉"四个字,下面是两行小字:"莫失莫忘,仙寿恒昌。"金锁刻的是"不离不弃,芳龄永继"。

贾蔷告诉茗烟宝玉被欺负，茗烟误以为宝玉受了委屈，闯入学堂，直指金荣并施以教训，随后，学子们纷纷卷入争执，场面一时失控，大闹起来。

第九回

众顽童
大闹学堂

人物 茗烟

性格 淘气顽皮，机敏忠诚

别名 焙（bèi）茗（míng）

身份 宝玉的小厮

点 题

带秦钟见过贾母后，宝玉和秦钟就相约天天一起去上学。这天，宝玉的小厮茗烟以为金荣欺负宝玉，就闯进堂骂金荣，于是有人趁机搞事情，不久整个学堂就乱成了一团。

第二天，宝玉听说秦钟来了，就带他去拜见贾母、王夫人等人。大家见秦钟人品不错，都很喜欢他。贾母嘱咐秦钟只和宝玉一起读书，不要跟其他不上进的人学。秦钟回家将这件事告诉他父亲秦业，秦业听了十分高兴。

上学的这天早上，宝玉先辞别贾母、王夫人，又去书房见贾政。贾政听宝玉说要去上学，便嘲讽他不是去上学而是去玩的。贾政还问宝玉的跟班李贵，宝玉在家读什么书。李贵回答说："哥儿已念到第三本《诗经》，什么'呦呦鹿鸣，荷叶浮萍'，小的不敢撒谎。"贾政听到李贵将"食野之苹"听成"荷叶浮萍"，忍不住笑了。

宝玉又去辞别黛玉，黛玉听宝玉说要去上学，取笑宝玉这是要"蟾（chán）宫折桂"去了，又问宝玉怎么不去见宝钗。宝玉笑而不答，直接跟秦钟上学去了。从这日起，宝玉和秦钟天天一同上学读书，两人的关系更加好了。贾府学堂那些不用心读书的人，嫉妒秦钟和宝玉是好朋友，经常在背后说他们的坏话。

这一天，贾代儒（rú）有事出去，命长孙贾瑞暂时管理学堂。秦钟和一个叫香怜的同学去后院说悄悄话。金荣看见后，污蔑（miè）他们干坏事。秦钟和香怜又气又急，就去跟贾瑞说金荣欺负他们。

哪想到，贾瑞听了，非但没怪金荣，反而责怪秦钟和香怜多事。贾蔷与贾蓉是好兄弟，看见秦钟被人欺负，就去跟宝玉的书童茗烟说，宝玉被金荣欺负了。茗烟听了，立即进入学堂，抓住金荣就骂。贾蔷眼见学堂将要大乱，立即找借口走人。

金荣被茗烟骂得脸都气黄了，挣开茗烟，想去打宝玉和秦钟。突然一个砚（yàn）台飞来，没打中金荣，落在了贾兰和贾菌的书桌上，把一个水壶打得粉碎。贾菌抓住那砚台就要打回去，贾兰忙按住砚台，劝道："好兄弟，和我们没关系。"贾菌不听，两手抱起书匣子，照那边扔去，不料却落在了宝玉和秦钟的书桌上，接着又跑去打那个扔砚台的同学。

金荣双手拿着一根毛竹大板，到处乱打。宝玉的另外三个小厮也来了：墨雨随手拿起一根门闩（shuān），扫红、锄药拿着马鞭子，蜂拥而上。贾瑞急得拦了这个，又去劝那个，可惜没人听他的。这帮顽皮的小学生，有趁机帮着打太平拳助乐的，也有胆小躲到一边去的，还有站在桌子上乱笑乱叫的，整个学堂乱成一团。

幸好，李贵等守在外面的大仆人赶过来制止，大家才停手。秦钟的额头被金荣的板子打肿了，宝玉气得要将金荣赶出学堂。贾瑞怕事情闹大，就劝金荣给秦钟磕头道歉。金荣惧怕宝玉权势只好照做，宝玉才不吵闹了。

经典名句

贪多嚼不烂。

一龙生九种，种种各别。

三日打鱼，两日晒网。

杀人不过头点地。

经典原文

贾菌便跳出来，要揪（jiū）打那一个飞砚的。金荣此时随手抓了一根毛竹大板在手，地狭人多，哪里经得舞动长板。茗烟早吃了一下，乱嚷道："你们还不来动手？"宝玉还有三个小厮：一名锄药，一名扫红，一名墨雨。这三个岂有不淘气的，一齐乱嚷："小妇养的！动了兵器了！"墨雨遂掇（duō）起一根门闩，扫红、锄药手中都是马鞭子，蜂拥而上。贾瑞急得拦一回这个，劝一回那个，谁听他的话？肆（sì）行大闹。众顽童也有趁势帮着打太平拳助乐的；也有胆小藏在一边的；也有直立在桌上拍着手儿乱笑、喝着声儿叫打的。登登①间鼎沸②起来。

注释：①登登：这里指各种声音。②鼎沸：形容像煮开了锅一样喧闹，嘈杂。

课外试题

贾蔷为什么见茗烟骂金荣就抬脚走人了？

因为贾蔷本来就是挑唆茗烟闹事之人。

答案

第十回
宁国府
秦氏生重病

人物	性格	别名	身份
金氏	势利、虚荣、盲目冲动	璜大奶奶	贾璜的妻子，金荣的姑姑

点题

金氏听说侄子金荣在学堂受欺负，就去宁国府找秦钟的姐姐秦氏理论。结果未见到秦氏，却从尤氏处得知秦氏听闻秦钟讲述学堂之事后，病得更重了。

散学后，金荣回到家里，越想越气，于是就在房间里胡乱诽（fěi）谤（bàng）宝玉和秦钟。他母亲胡氏听到了，怕金荣被赶出学堂，就劝金荣不要争闲气，还说自从金荣去上学，家里还节省了不少费用，叫金荣在学堂老老实实地待着，不要惹事。金荣听了只好忍气吞声，第二天仍旧上学去。

金荣有个姑姑，嫁给贾家"玉"字辈的嫡（dí）派贾璜（huáng）。那贾璜夫妻经常去宁荣二府讨好凤姐和尤氏，所以凤姐、尤氏经常拿钱来资助他们。金荣能去贾府学堂上学，就是靠尤氏的帮助。

这天，贾璜之妻金氏去看寡嫂胡氏和侄儿金荣。闲聊几句后，胡氏就将昨天贾府学堂发生的事告诉了自家小姑子。金氏听了大怒，立即起身，坐上马车要去宁国府找秦钟姐姐秦氏理论，任凭胡氏怎么劝她，都不听。

到了宁国府，金氏见只有尤氏来接见她，不敢给尤氏摆脸色，只得先殷勤地向尤氏问好，并说："今日怎么没见蓉大奶奶？"尤氏告诉她秦氏病了。

原来，秦氏已经病了两个月了，看了好多医生，服了许多药，都不见效。尤氏为了此事愁得不行。没想到，昨天秦钟过来告诉秦氏，他在学堂被人欺负了。秦氏是个心细敏感的人，不管听到什么话，都要放在心里翻来覆去地想几天。她这个病原本就是因为思虑过重引起的，现在又听见有人欺负她弟弟，气得整夜睡不着，今天连饭都吃不下了。

金氏听了，把她要找秦氏理论的那团气，早吓得丢到爪哇国去了。金氏和尤氏说了几句话，就回家去了。金氏走后，贾珍过来坐下告诉尤氏，冯紫英跟他推荐张太医过来给秦氏看病。据冯紫英说，这张太医不仅学问渊博，医理极深，还能断人生死。尤氏听了大喜，立即命贾蓉亲自去请张太医。

次日中午，贾蓉就将张太医请来给秦氏诊脉。这张太医果然医术高明，只诊了脉就将秦氏的病症说得个八九不离十。贴身服侍秦氏的婆子听了，说道："就是这样，先生既然说得真切，就不用我们说了，请问怎样医治才好？"

张太医说道："奶奶这病，是被之前的医生耽搁了。这病是因为思虑过重引起的，如果刚生病时，就对症下药早就好了。现在把病拖成这样，我也只有三分把握能治好她了。"说完，就写了一张药方递给贾蓉。贾蓉看了，说："高明得很，还要请教先生，这病会危及性命吗？"张太医说道："人病到这种程度，不是一下子就能好的，据我看来，这病只要过了春分，应该就没事了。"贾蓉也是个聪明人，就不再问了，送走张太医后，就去让人抓药煎给秦氏吃。

经典名句

打着灯笼也没地方找去。

头目不时眩晕，寅卯间必然自汗，如坐舟中。

先生实在高明，如今恨相见之晚。

聪明太过，则不如意事常有；不如意事常有，则思虑太过。

经典原文

于是，贾蓉同了进去。到了贾蓉居室，见了秦氏，向贾蓉说道："这就是尊夫人了？"贾蓉道："正是。请先生坐下，让我把贱内①的病说一说再看脉如何？"那先生道："依小弟的意思，竟先看过脉，再说的为是。我是初造尊府的，本也不晓得什么，但是我们冯大爷务必叫小弟过来看看，小弟所以不得不来。如今看了脉息，看小弟说得是不是，再将这些日子的病势②讲一讲，大家斟（zhēn）酌（zhuó）③一个方儿，可用不可用，那时大爷再定夺④就是了。"贾蓉道："先生实在高明，如今恨相见之晚。就请先生看一看脉息，可治不可治，以便使家父母放心。"于是家下媳妇们捧过大迎枕来，一面给秦氏拉着袖口，露出脉来。先生方伸手按在右手脉上，调息了至数，宁神细诊了有半刻的工夫，方换过左手，亦复如是。诊毕脉息，说道："我们外边坐罢。"

注释：①贱内：对自己妻子的谦称。②病势：疾病的情势。③斟酌：认真仔细地考虑、推敲，决定取舍。④定夺：对某事做出可否或取舍的决定。

课外试题

璜大奶奶去到宁国府后，为什么没去找秦氏理论就离开了呢？

答案：因为她领略到了宁国府气势的重要。

第十一回

庆生日
宁国府摆宴

人物 秦氏

性格 温柔平和、心细多虑

别名 可卿、蓉大奶奶

身份 贾蓉的妻子，秦钟的姐姐

点题

贾敬生日那天，凤姐带宝玉去探望秦氏，宝玉见秦氏病得不成人样，伤心落泪，凤姐怕秦氏见了伤心，就叫贾蓉把宝玉带出去，自己留下来安慰秦氏。

贾珍父亲贾敬的生日到了。由于贾敬长期在城外的清虚观与道士炼制丹药，不理人间俗事，也不愿回府过生日，贾珍便将各种精美食物和水果装了十六大盒，命贾蓉带家人送去。不久，荣国府来给贾敬贺寿的人陆陆续续地来了。先是贾琏、贾蔷来了，接着，邢夫人、王夫人、凤姐、宝玉也来了。贾珍和尤氏亲自递上茶，又问老太太为什么没来。王夫人还没开口，凤姐就抢着说，老太太原本要来的，只是昨天吃了大半个桃子，今天身体不舒服，就不来了。

大家聊天时，又说到了秦氏的病情。正聊着，贾珍因听说贾赦和贾政到了，连忙出去迎接了。尤氏继续说，秦氏吃了张太医的药后，头不再晕了，但别的症状却没有改善。凤姐平时跟秦氏交情很好，听了眼眶都红了。贾蓉回来后，凤姐问他秦氏怎样了，贾蓉皱皱眉说"不好"。

吃完饭，大家刚要去园里看戏，贾蓉就进来跟尤氏汇报宴席的情况。

053

凤姐二进宁国府祝寿示意图

尤氏院　仪门

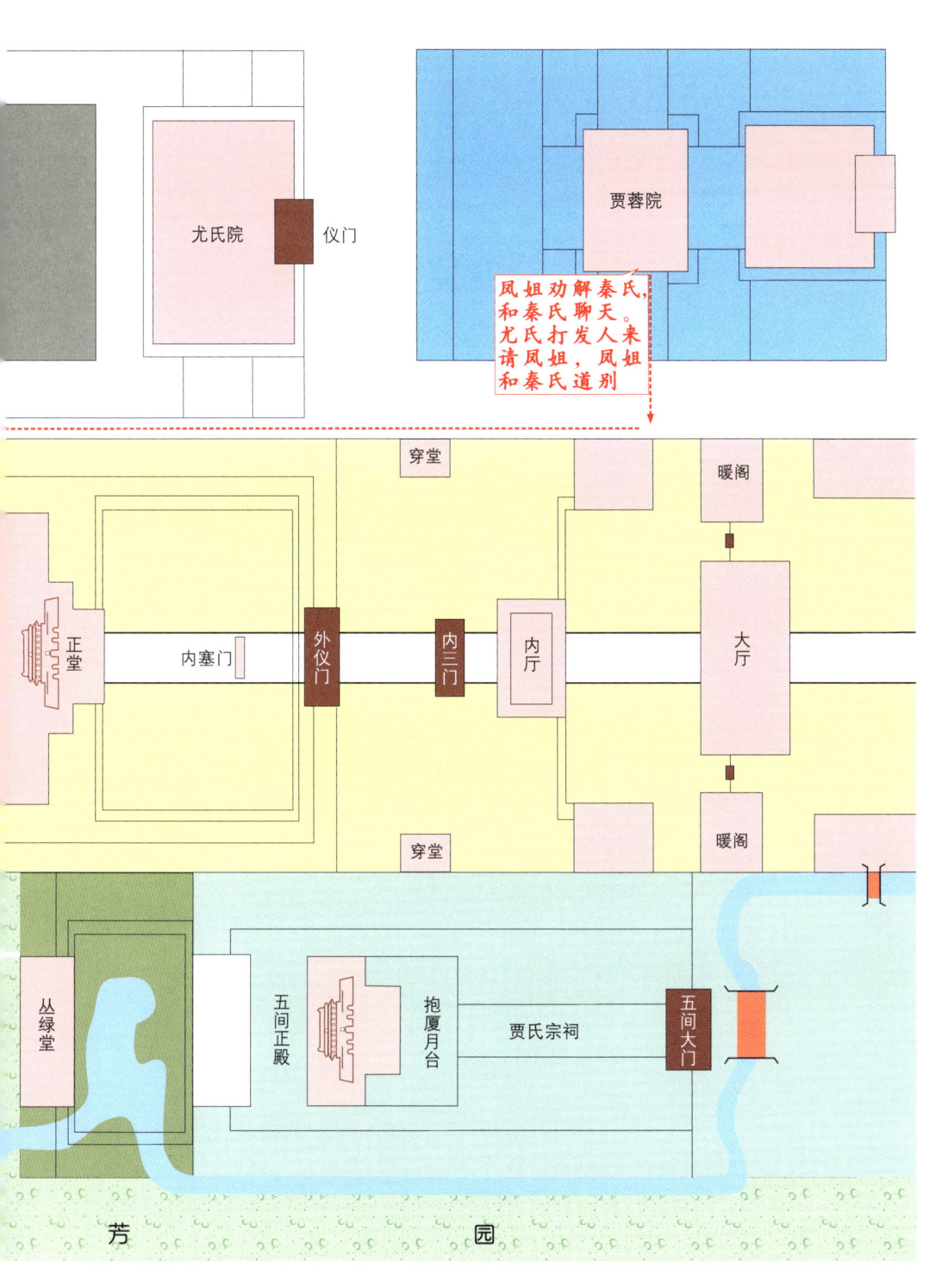

贾蓉院

凤姐劝解秦氏，和秦氏聊天。尤氏打发人来请凤姐，凤姐和秦氏道别

穿堂　暖阁

正堂　内塞门　外仪门　内三门　内厅　大厅

穿堂　暖阁

丛绿堂　五间正殿　抱厦月台　贾氏宗祠　五间大门

芳　园

--------▶ 凤姐去会芳园看戏路线

055

贾蓉一说完凤姐就说自己要去看秦氏，宝玉也要跟着去。于是，尤氏就叫贾蓉带凤姐和宝玉过去，她自己则带邢夫人、王夫人等人去会芳园看戏。凤姐、宝玉跟着贾蓉到了秦氏的房间。秦氏见了凤姐，就要站起来。凤姐连忙让她坐下，拉住她的手说："我的奶奶！怎么几日不见，就瘦成这样了！"秦氏拉着凤姐的手，强笑道："这是我没福，这样的人家，公

凤姐探望病中的秦可卿，一番安慰后，起身去往天香楼的途中，在花园中遇见了贾瑞。

公、婆婆把我当自家的女儿。你侄儿虽然年轻，也是他敬我，我敬他，从没红过脸。就是一家子的长辈同辈，都没有不和我好的。如今却得了这个病，恐怕熬不过这个冬天了。"

宝玉听了，如万箭攒（cuán）心，那眼泪不知不觉就流下来了。凤姐虽然也很难过，但怕病人见了反而更加心酸，只得强忍着，让贾蓉带宝

玉去会芳园里。凤姐见贾蓉和宝玉出去了，又劝解了秦氏一番，两人又说了许多心里话。

尤氏打发人来请了三遍，凤姐才和秦氏道别，带着丫鬟从里头绕进园子便门。凤姐见这园子风景优美，就让丫鬟们先走。凤姐正一边走一边欣赏风景，突然从假山后走出一个人，正是贾瑞。贾瑞向凤姐请安后，就不三不四地对凤姐说了一些"合该我与嫂子有缘"之类的混账话。凤姐听了，非常厌恶，但还是委婉地提醒贾瑞"一家子骨肉"不要乱说话。贾瑞走后，凤姐心想道："这才是'知人知面不知心'呢！哪里有这样禽兽的人？他果如此，几时叫他死在我手里，他才知道我的手段！"

于是凤姐继续往前走，来到天香楼的后门，见宝玉和一群丫头们在那里玩。有一个丫头说道："太太们都在楼上，奶奶就从这边上去吧。"凤姐上楼坐下，同大家喝酒听戏。一会尤氏让凤姐点戏，凤姐接过戏单，点了两出戏，又起身来看向楼下说："爷们都去哪里了？"旁边一个婆子道："爷们才到凝曦轩（níng xī xuān），去那里喝酒去了。"大家伙说说笑笑，吃过晚饭，便都散了。

这天之后，凤姐时不时就去看秦氏。秦氏的病总不见起色，贾珍、尤氏和贾蓉都很焦虑。

经典名句

天有不测风云，人有旦夕祸福。

小桥通若耶之溪，曲径接天台之路。

树头红叶翩翩，疏林如画。

笙簧盈耳，别有幽情；罗绮穿林，倍添韵致。

知人知面不知心。

经典原文

宝玉正眼瞅（chǒu）着那《海棠春睡图》并那秦太虚①写的"嫩寒锁梦因春冷，芳气笼人是酒香"的对联，不觉想起在这里睡晌（shǎng）觉梦到"太虚幻境"的事来。正自出神②，听得秦氏说了这些话，如万箭攒心③，那眼泪不知不觉④就流下来了。凤姐心中虽十分难过，但恐怕病人见了众人这个样儿反添心酸，倒不是来开导劝解的意思了。见宝玉这个样子，因说道："宝兄弟，你忒婆婆妈妈的了。他病人不过是这么说，那里就到得这个田地了？况且能多大年纪的人，略病一病儿就这么想那么想的，这不是自己倒给自己添病了么？"贾蓉道："他这病也不用别的，只是吃得些饮食就不怕了。"凤姐儿道："宝兄弟，太太叫你快过去呢。你别在这里只管这么着，倒招的媳妇也心里不好。太太那里又惦着你。"因向贾蓉说道："你先同你宝叔叔过去罢，我还略坐一坐儿。"贾蓉听说，即同宝玉过会芳园来了。

注释： ①秦太虚：北宋诗人秦观，字少游，一字太虚。②出神：指精神过度集中以至于发呆。③万箭攒心：形容万分伤痛。④不知不觉：没有意识到或觉察到。

课外试题

凤姐为什么叫贾蓉先把宝玉带出秦氏的病房？

答案： 因为宝玉听了秦氏的话，流下了眼泪，凤姐怕秦氏见了更加心酸。

第十二回

凤姐设计害贾瑞

人物	性格	别名	身份	结局
贾瑞	贪财好色，胆大妄为，不知廉耻	贾天祥	贾代儒的长孙	死于凤姐设计的相思局

点题

贾瑞不知死活，见凤姐约他会面，便依约而来，结果被放鸽子：第一次被祖父打了四十板子；第二次被贾蓉和贾蔷抓住，勒索了一百两银子。贾瑞相思成疾，病越来重，不久就一命呜呼了。

冬至那天，平儿告诉凤姐，贾瑞来给她请安。凤姐气得骂贾瑞是"畜生"，然后把之前在宁国府见到贾瑞的事告诉了平儿。平儿也气得说贾瑞不得好死。正说话间，见有人说："瑞大爷来了。"凤姐便命人请他进来。贾瑞进来，见了凤姐，满脸笑容，连连问好。凤姐也假意殷勤，又是让座又是命人倒茶的。贾瑞喜不自禁，又开始说"想天天过来替嫂子解解闷"的混账话来了，还凑上前，要看凤姐手上的戒指。凤姐见他如此不堪，更加厌恶，就假意约贾瑞晚上在西边穿堂见面。贾瑞听了，欢天喜地地走了。

好不容易盼到晚上，贾瑞便摸黑溜进荣府，趁掩门时，钻入西边穿堂。这时，往贾母那边去的门户已锁上，只有向东的门未关。贾瑞侧耳倾听，四周一点动静都没有。突然，"咯噔"一声，东边的门也关上了。

贾瑞急得团团转，现在没办法出去了。腊月天气，滴水成冰，穿堂的门缝里飕（sōu）飕直灌风，差点儿把他冻死。好不容易熬到天亮，东门一开，贾瑞就从后门一径跑回家去。

贾瑞自幼父母双亡，由他祖父贾代儒抚养。贾代儒平时管教贾瑞极严，今日看见他一夜不归，不由分说，发狠打他三四十板，不许吃饭，又命他跪在院内读文章，并补足十天的功课，才不惩罚他。这段日子贾瑞真是过得苦不堪言。这贾瑞记吃不记打，好了没几天，又去找凤姐。凤姐又约他晚上到她房后小过道子里那间空屋里等她。

到了晚上，贾瑞等祖父休息了，方溜进荣府，直往那夹道中屋子里来等着。但来的不是凤姐，而是贾蓉和贾蔷。贾瑞见了他们两个，臊（sào）得无地自容，转身想逃。贾蔷一把抓住贾瑞，并说要带贾瑞去见王夫人。贾瑞吓得魂不附体，连忙央求贾蔷放过他，结果却被贾蔷和贾蓉趁机勒索。贾瑞为了脱身，只好写了两张五十两银子的欠条给他们。

贾蔷和贾蓉拿了欠条后，就带着贾瑞出了院子，让贾瑞藏在一个大台阶下等他们。那两人刚走不久，贾瑞就被人泼了一桶的屎尿，正冷得浑身打战，只见贾蔷跑来叫道："快走，快走！"贾瑞连忙三步作两步从后门跑到家里。此后，贾瑞再也不敢去荣国府了。

贾瑞受了这场惊吓，加上贾蓉和贾蔷两个人常来勒索，终于病倒了。贾代儒急得到处求医，还是治不好。一天，一个跛足道人来化斋时，给了贾瑞一面警幻仙子制造的镜子，并告诉他只能照背面，不可以照正面。贾瑞见照背面见到的是骷髅（kū lóu），正面是凤姐，于是就天天照正面，不久就病死了。

贾代儒夫妇见他死时，仍拿着那面镜子，就气得大骂那跛足道士害人，并命人把镜子烧了。刚要烧，那跛足道人就从外面跑来，喊道："谁

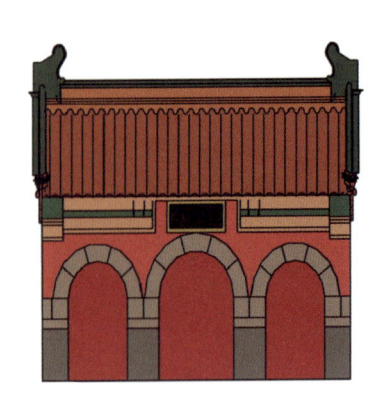

贾蔷叫贾瑞快走，贾瑞连忙从后门跑到家

贾蓉、贾蔷带着贾瑞出了院子，并让贾瑞藏在大台阶下，后贾瑞被人泼了一桶屎尿

北
西 东
南

后楼

穿廊

新盖的大花厅

在穿堂中冻了一夜

后院

西穿堂

东边的门也关上了

因门都关上了，贾瑞没办法出去，因此趁掩门时，钻入穿堂

贾母门户已倒锁

五间上房

停灵于铁槛寺

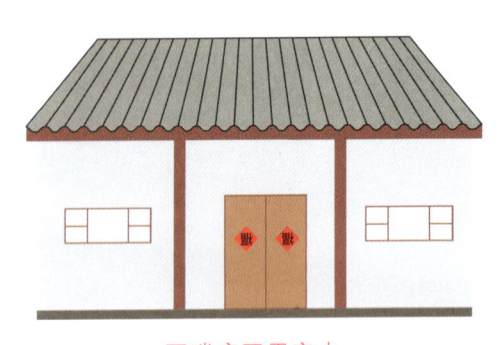

小小的三间厅

贾母院

穿堂

贾瑞病死于家中

因凤姐假意约贾瑞晚上见面，于是贾瑞便在晚上摸黑溜进荣府

垂花门

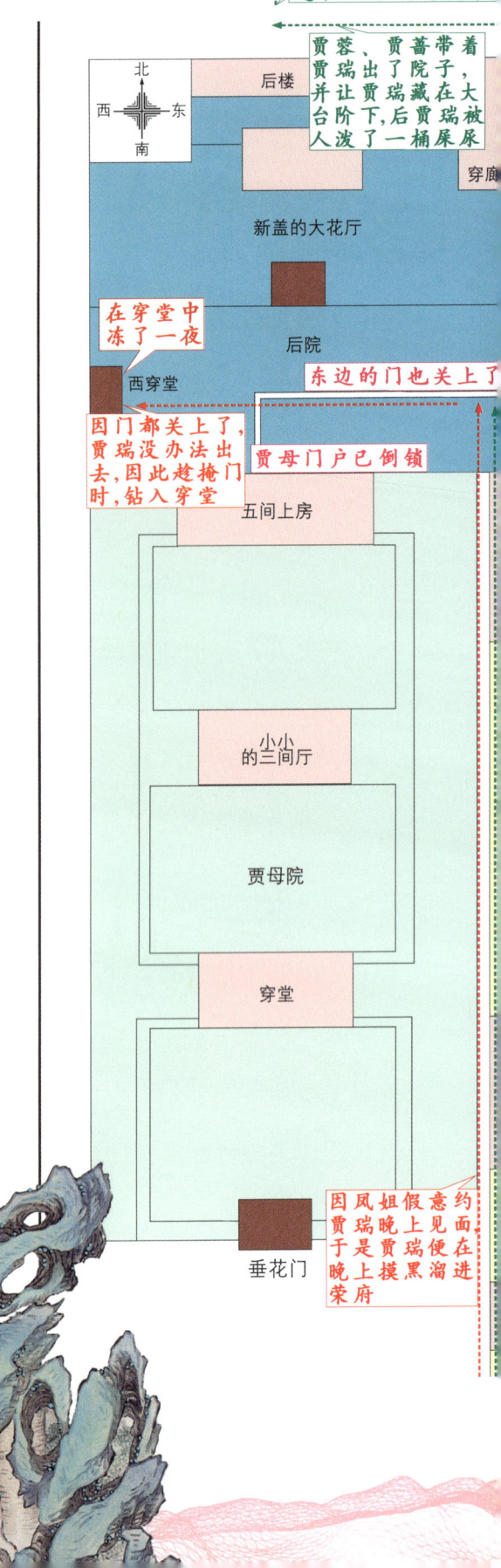

- - -▶ 贾瑞第一次到荣国府赴约路线
- - -▶ 贾瑞第二次到荣国府赴约路线

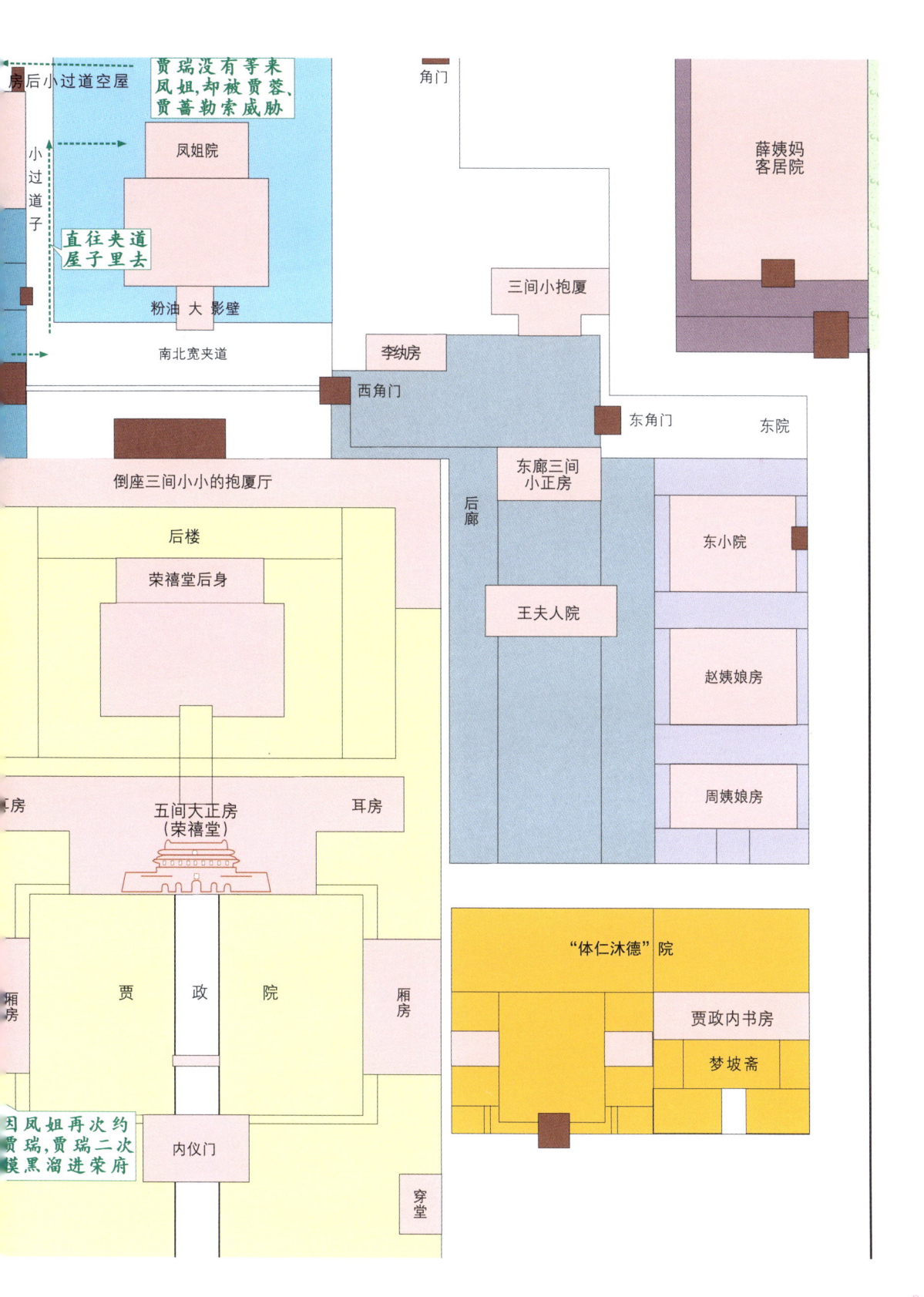

贾瑞之死示意图

- 房后小过道空屋
- 小过道子
- 贾瑞没有等来凤姐，却被贾蓉、贾蔷勒索威胁
- 凤姐院
- 直往夹道屋子里去
- 粉油 大 影壁
- 南北宽夹道
- 角门
- 三间小抱厦
- 薛姨妈客居院
- 李纨房
- 西角门
- 东角门
- 东院
- 东廊三间小正房
- 后廊
- 东小院
- 王夫人院
- 赵姨娘房
- 周姨娘房
- 倒座三间小小的抱厦厅
- 后楼
- 荣禧堂后身
- 耳房
- 五间大正房（荣禧堂）
- 耳房
- 厢房
- 贾政院
- 厢房
- "体仁沐德"院
- 贾政内书房
- 梦坡斋
- 因凤姐再次约贾瑞，贾瑞二次摸黑溜进荣府
- 内仪门
- 穿堂

063

凤姐巧妙布局，将贾瑞骗至荣国府内，暗中安排贾蓉与贾蔷二人出面威胁。

毁我风月宝鉴？"说着，就抢了镜子，像烟一样飘然而去。

当下，贾代儒料理丧事，各处去报丧。先寄灵于铁槛（kǎn）寺，等日后再带回原籍。贾代儒虽然家道淡薄，但族中人都送来了银子，倒也丰富办完此事。

经典名句

竟是两个胡涂虫，一点不知人心。

癞蛤蟆想吃天鹅肉。

心内发膨胀，口中无滋味，脚下如绵，眼中似醋。

经典原文

贾瑞听了,魂不附体①,只说:"好侄儿,只说没有见我,明日我重重的谢你。"贾蔷道:"你若谢我,放你不值什么,只不知你谢我多少?况且口说无凭,写一文契(qì)来!"贾瑞道:"这如何落纸呢?"贾蔷道:"这也不妨,写一个赌钱输了外人账目,借头家银若干两便罢。"贾瑞道:"这也容易。只是此时无纸笔。"贾蔷道:"这也容易。"说罢,翻身出来,纸笔现成,拿来命贾瑞写。他两个做好做歹②,只写了五十两,然后画了押,贾蔷收起来。然后撕逻贾蓉。贾蓉先咬定牙不依,只说:"明日告诉族中的人评评理。"贾瑞急的至于叩头。贾蔷作好作歹的,也写了一张五十两欠契才罢。贾蔷又道:"如今要放你,我就担着不是。老太太那边的门早已关了,老爷正在厅上看南京的东西,那一条路定难过去,如今只好走后门。若这一走,倘或遇见了人,连我也完了。等我们先去哨探哨探,再来领你。这屋你还藏不得,少时就来堆东西。等我寻个地方。"说毕,拉着贾瑞,仍熄了灯,出至院外,摸着大台矶底下,说道:"这窝儿里好,你只蹲着,别哼一声,等我们来再动。"说毕,二人去了。

注释:①魂不附体:形容惊恐万分,不能自主。②做好做歹:装出或和气或严厉的样子,来解决纷争。

课外试题

两次赴约,贾瑞分别遭遇了什么事?凤姐为什么要设计害贾瑞?

答案 第一次被关在巷道一夜,第二次被捉奸,被贾蔷敲诈勒索一百两银子。因为贾瑞不识羞耻,对凤姐起了猥亵之心。

第十三回

秦可卿临终托梦

人物	贾珍
性格	生活奢侈、任性妄为
别名	珍哥儿、大哥哥
身份	贾敬之子，世袭三品爵威烈将军，贾氏家族族长

点 题

秦氏临终前托梦给凤姐，嘱咐她要给子孙留下一条退路。秦氏去世后，因为尤氏病了，没办法管理内务，贾珍就请凤姐帮忙。凤姐平时最喜揽事办，自然就答应了。

　　这年年底，林如海病重，写信来接林黛玉回扬州。贾母只好命贾琏送黛玉回扬州，并叮嘱一定要带回来。自从贾琏送黛玉往扬州去后，凤姐总觉得日子过得没意思。这天深夜，凤姐刚要睡着，恍惚看见秦氏来向她道别，并说有个心愿未了。凤姐听了，说道："你有什么心愿，只管交给我，我一定帮你办到。"秦氏说："虽然现在我们家处于鼎盛时期，但'月满则亏，水满则溢'，为防止家里犯事，家产被没收，使子孙后代没了退路，最好现在就将两件事办好：第一件，在祖坟附近多置办田地、房子等祭祀产业，以及修建家族学堂。第二件，每年祭祀产业的收入交给各房轮流掌管，并用于家族祭祀和家族学堂的开销。这些祭祀产业，就算家里犯了事，也不会被没收。这样，哪天家里败落了，子孙回老家读书务农，也算有个退路。"

　　临别前，秦氏又嘱咐凤姐，不久家里将迎来一件大喜事，但不要因为一时的欢乐，就忘记了"盛筵（yán）必散"的俗语。凤姐急忙问："是什么喜事？"秦氏却说："天机不可泄露"，只赠送了凤姐两句话"三春去后诸芳尽，各自须寻各自门"。凤姐还想问时，却被突然传来的丧音惊醒，接着听到有人来报信，说秦氏去世了。

这时，贾府上上下下也都知道秦氏没了，在感到诧异之余，还有些疑心。有些人想到秦氏平日对自己的好，不由得哭了起来。宝玉听了，更是心痛得喷出了一口血来。宝玉换了衣服，就要去宁国府。贾母拦不住，只得命人送他过去。

此时天还没亮，宝玉到了宁国府前，只见府门洞开，两边灯笼照如白昼，里面哭声震天，贾珍更是哭得像个泪人一样。贾府的族人和秦氏的亲戚也都来了。贾珍一面命人接客，一面吩咐人去请钦天监择准停灵七七四十九日。这四十九日，单请禅（chán）僧在大厅上拜大悲忏（chàn），超度亡魂。另设一坛于天香楼上，请道士打四十九日解冤洗业醮（jiào），然后停灵于会芳园中。贾敬也收到了秦氏去世的消息，但他已经不理俗事，只由着贾珍办理。

贾珍见父亲不管，更加要大肆（sì）操办。他看了几副杉木板觉得不中用。正好薛蟠（pán）来吊问，听说贾珍正四处寻找名贵棺材，就把自己店里之前犯了事的忠亲王预定的棺材卖给了贾珍。接着又有人来传秦氏的丫鬟瑞珠触柱而亡的消息，众人听了都唏嘘（xī xū）不已。贾珍便以孙女之礼殓殡（liǎn bìn）瑞珠，一并停灵于会芳园中的登仙阁。

为了能将丧事办得好看，贾珍又请大明宫掌宫内相戴权来逗蜂轩，送给戴权一千五百两银子，给贾蓉买了龙禁尉的官职。办完这两件事，贾珍才心满意足起来。只是他想到尤氏胃病犯了，不能料理事务，又开始发愁了。

这时，宝玉刚好在贾珍身边，就向贾珍推荐了凤姐。贾珍听了非常高兴，立即去恳求王夫人，把凤姐借给他几天，帮他管理宁国府内务。

凤姐平常最喜欢卖弄才干，见到贾珍来请她帮忙，心里非常高兴，但凤姐却先去问过王夫人的意见，王夫人同意后，才答应了贾珍的请求。等女眷（juàn）散后，凤姐来至三间一所抱厦内坐了下来，先将要办的事理一遍，最后厘清了宁国府管理方面的五个弊（bì）病：一是人口混杂，容易遗失东西；二是没有专管某件事的人，出了事相互推诿（wěi）；三是冒领各种开支，浪费严重；四是任务分配不均，有的太累，有的太闲；

秦可卿托梦给王熙凤，言尽家族兴衰之忧虑与未来筹划。贾宝玉得知秦可卿逝世的消息，悲痛欲绝，在屋内掩面痛哭，换衣服去往宁国府。

五是地位高的仆人不服管，地位低的仆人不能追求进步。那么凤姐要如何治理宁国府呢？且听下回分解。

经典名句

月满则亏，水满则溢。

登高必跌重。

树倒猢狲（hú sūn）散。

天机不可泄露。

经典原文

凤姐听了，恍惚①问道："有何心愿？你只管托我就是了。"秦氏道："婶婶，你是个脂粉队里的英雄，连那些束带顶冠的男子也不能过你，你如何连两句俗语也不晓得？常言'月满则亏，水满则溢'；又道是'登高必跌重'。如今我们家赫赫扬扬②，已将百载，一日倘或乐极悲生，若应了那句'树倒猢狲散'的俗语，岂不虚称了一世的诗书旧族了！"凤姐听了此话，心胸大快，十分敬畏，忙问道："这话虑得极是，但有何法可以永保无虞③（yú）？"

注释：①恍惚：这里指神志不清。②赫赫扬扬：这里指兴旺显赫。③无虞：这里指没有忧患。

课外试题

秦可卿去世前向王熙凤托梦，说道："若目今以为荣华不绝，不思后日，终非长策。眼见不日又有一件非常喜事，真是烈火烹油、鲜花着锦之盛。"这里说的"非常喜事"指什么？

元春封妃。

第十四回

凤姐协理宁国府

人物	性格	别名	身份
王熙凤	八面玲珑、聪明泼辣、逞强好胜	凤姐、琏二奶奶、琏二嫂子	贾琏的妻子、王夫人的侄女

点题

凤姐管理宁国府时,威重令行,将宁国府管理得井井有条,得到了全族上下的一致称赞,心里十分得意。

这日,凤姐厘清了宁国府的五个弊端后,便叫彩明定造簿册,然后命宁国府总管来升的媳妇将宁国府家仆们的花名册拿来给她查看,又让来升媳妇叫齐宁国府的执事媳妇明日一早进来听差……之后,凤姐大概点了一点数目单册,问了来升媳妇几句话,就坐车回家了。

次日一大清早,凤姐就来到了宁国府的抱厦内。那宁国府中的执事媳妇也差不多到齐了,看见凤姐正在给来升媳妇分派任务,都不敢擅自进去,只在窗外听传。只听凤姐对来升媳妇说:"既然托我管理,就要按照我的方式来办事,错了半点儿,我不管谁是有脸的,谁是没脸的,一律按规定处治。"说着,便吩咐彩明念花名册,按名一个一个地唤进来分配任务。

人都来齐后,凤姐便有条不紊(wěn)地分配工作,说道:"这二十个人分作两班,一班十个,每日在里头单管人来客往、倒茶,别的事也不用她们管。这二十个也分作两班,每日单管本家亲戚茶饭,别的事也不用她们管……"

说完，凤姐又开始按数发放物品，一面发放，一面命彩明提笔登记，某人管某处，某人领某物，写得十分清楚。这样安排之后，各个房间再也不出现乱丢东西的现象了。原先宁国府管理工作上存在的无头绪、荒乱、推托、偷闲、窃取等弊病也没有了。凤姐见自己威重令行，心中十分得意。她不畏勤劳，天天于卯（mǎo）正二刻即清晨五点就过来理事，独在抱厦内起坐，不与众妯娌（zhóu li）合群，便有堂客来往，也不迎会。

这日是秦氏的五七，凤姐知道今天的客人必不少，于是在家中休息一夜。次日早上三四点，便起床梳洗，吃完早饭，已经五点了。宁府下人已在门外等候，凤姐出至厅前，上了车，前面打了一对明角灯，大书"荣国府"三个大字，款款来至宁府。请车至正门上，小厮等退去，凤姐下了车，缓缓走入会芳园中登仙阁灵前。一见棺材，凤姐眼泪就落了下来。哀乐一响，凤姐放声大哭。贾珍尤氏都来劝慰，凤姐才止住。

随后，凤姐在抱厦里按名查点人数，发现还有一人未到，于是就命人将她叫来。那人来后说："小的天天都来得早，只有今天睡迷了，来迟了一步，求奶奶这次饶了我吧。"凤姐说道："本来要饶你的，只是我头一次宽了，下次人就难管，不如现在就严的好。"说完，就命人将那人打了二十大板，又革去了她一个月的月钱。宁国府众人这才知道凤姐的厉害，自此兢（jīng）兢业业、认认真真地执行任务，不敢再偷懒了。

这几日，荣宁二府事务比较多，忙得凤姐茶饭也没工夫吃。凤姐刚到了宁府，荣府的人就跟到了宁府；回到荣府，宁府的人又找到荣府。凤姐见这样，心中反而非常高兴，一点都没有偷懒推托。凤姐害怕有人说她管得不好，因此日夜操劳，把荣宁二府的事务办得井井有条，全族上下都赞叹她能干。

凤姐深切悼念秦氏示意图

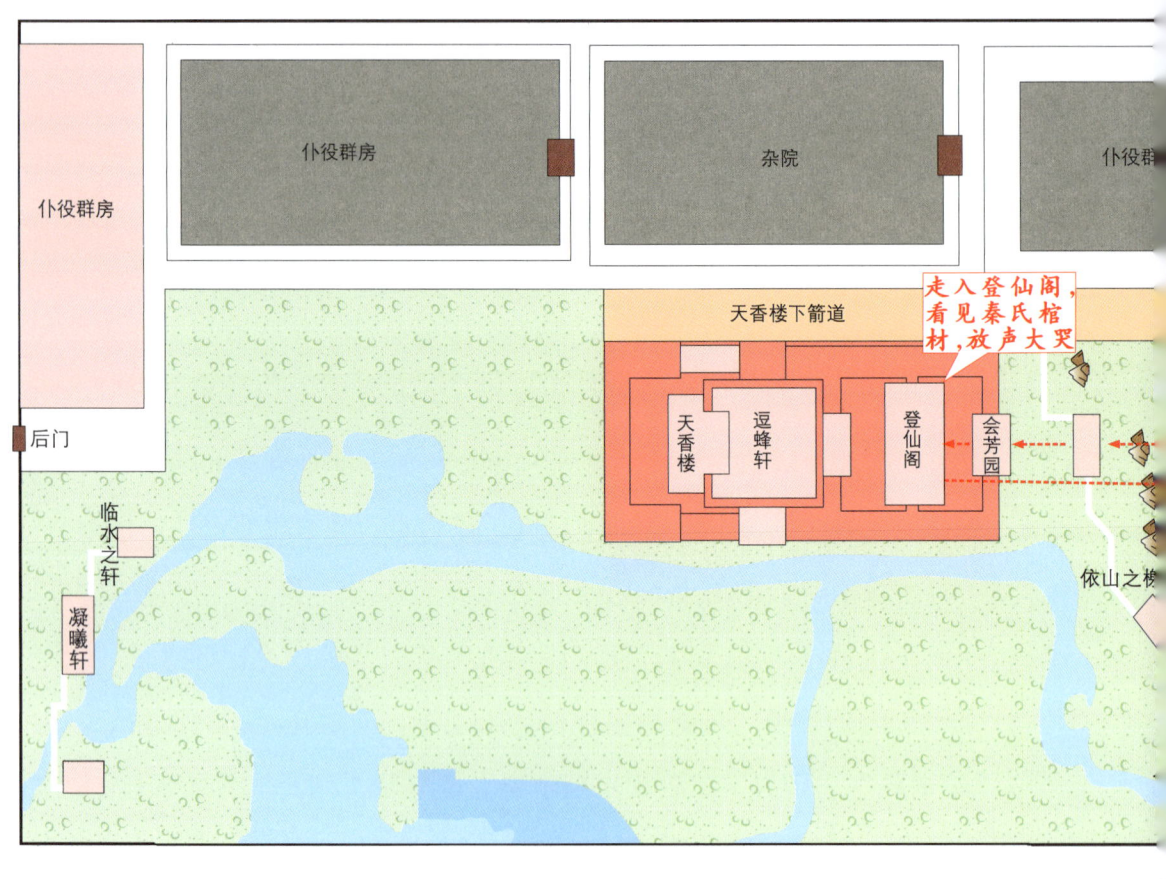

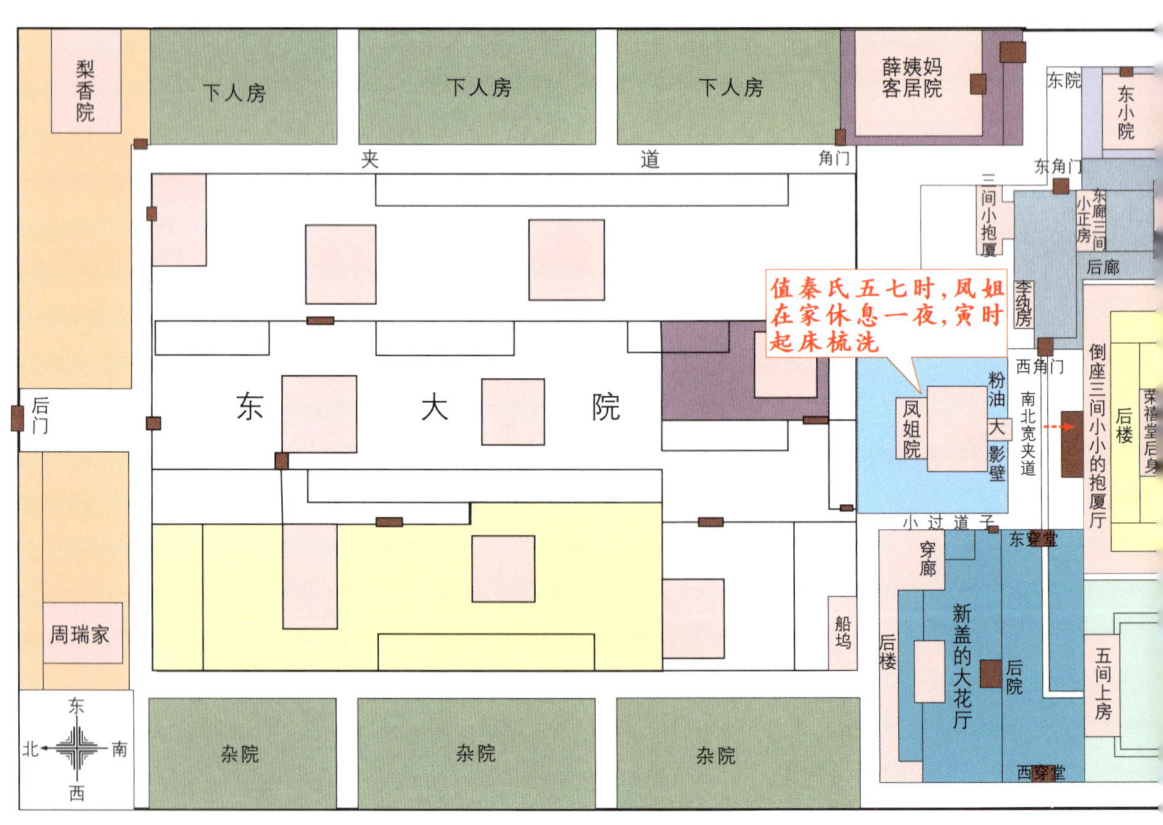

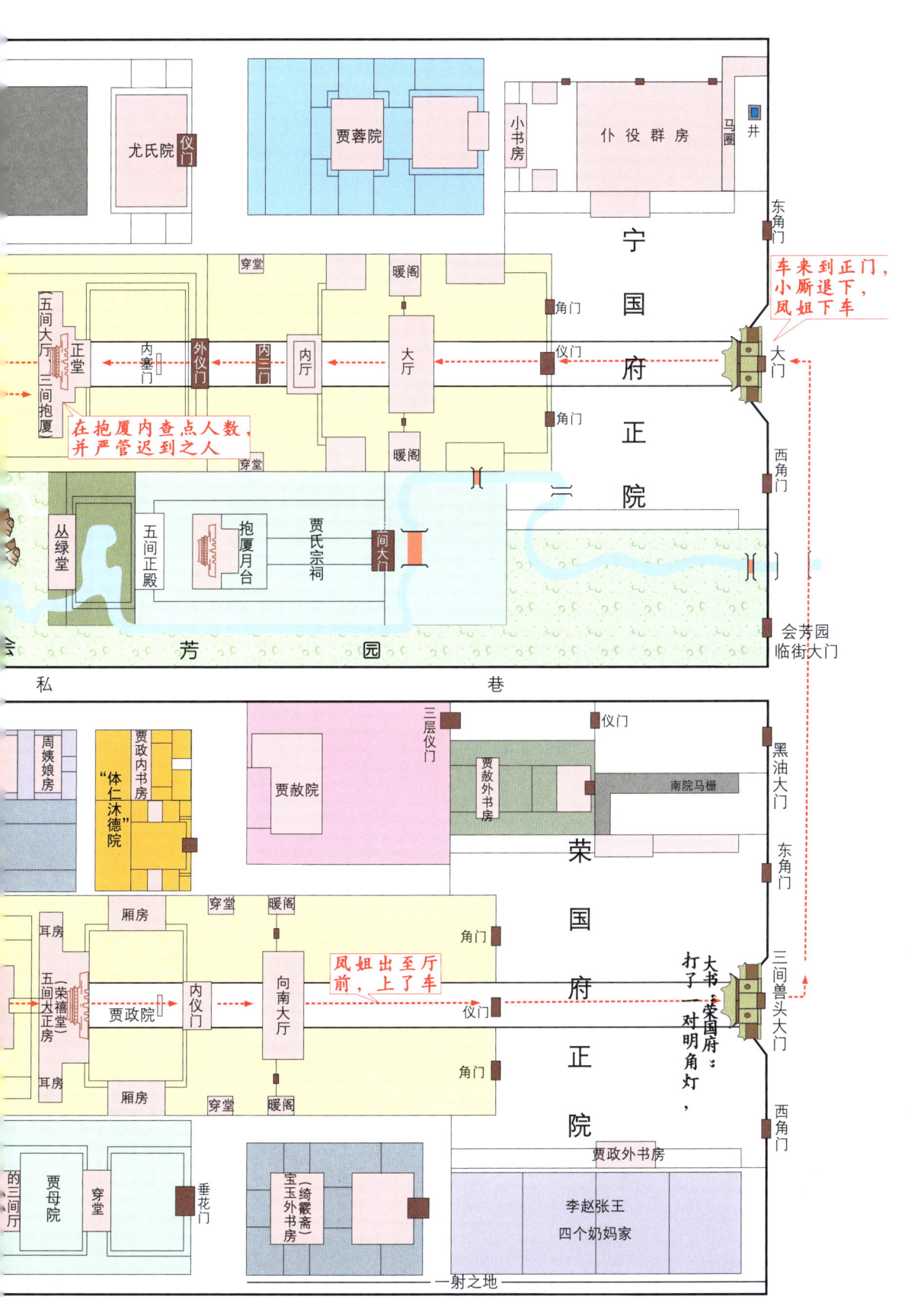

凤姐前往登仙阁悼念秦氏路线图

宁国府正院：
- 尤氏院、仪门、贾蓉院、小书房、仆役群房、马圈、井
- 东角门、大门（车来到正门，小厮退下，凤姐下车）、西角门
- 穿堂、暖阁、角门、仪门
- 五间大厅、三间抱厦、正堂、内塞门、外仪门、内三门、内厅、大厅（在抱厦内查点人数，并严管迟到之人）
- 丛绿堂、五间正殿、抱厦月台、贾氏宗祠、三间大门
- 会芳园临街大门
- 芳园

私巷

荣国府正院：
- 周姨娘房、贾政内书房"体仁沐德院"、贾赦院、三层仪门、贾赦外书房、南院马栅
- 黑油大门、东角门、西角门
- 耳房、五间大正房（荣禧堂）、厢房、穿堂、暖阁、贾政院、内仪门、向南大厅、仪门、角门
- 大书：荣国府；打了一对明角灯
- 三间兽头大门
- 凤姐出至厅前，上了车
- 贾母院、穿堂、三间大厅、垂花门、宝玉外书房（绮霰斋）、贾政外书房、李赵张王四个奶妈家
- 一射之地

----→ 凤姐前往登仙阁悼念秦氏路线

秦氏的丧事办得十分奢华，惊动了许多人。送灵出殡那天，四王、八王以及京城里的权贵们都在道路两旁搭建彩棚，设置酒席，演奏哀乐，进行路祭。北静王更是亲自前来路祭，并跟贾政说，想见一见含着美玉出生的宝玉。贾政听了，连忙回去，领宝玉过来。北静王见了宝玉后非常喜欢，将腕上一串念珠脱下来送给他。

经典名句

那是个有名的烈货，脸酸心硬，一时恼了，不认人的。

那眼泪恰似断线珍珠滚将下来。

经典原文

话说宁国府中都总管来升闻得里面委请了凤姐，因传齐同事人等说道："如今请了西府里琏二奶奶管理内事，倘或她来支取东西，或是说话，我们须要比往日小心些。每日大家早来晚散，宁可辛

王熙凤受命协理宁国府事务，召集府中众人，安排职务，各司其职。

苦这一个月，过后再歇着，不要把老脸丢了。那是个有名的烈货，脸酸心硬，一时恼了，不认人的。"众人都道："有理。"又有一个笑道："论理，我们里面也须得她来整治整治，都忒不像了。"正说着，只见来旺媳妇拿了对牌①来领取呈文京榜②纸札（zhá）③，票上批着数目。众人连忙让坐倒茶，一面命人按数取纸来抱着，同来旺媳妇一路来至仪门口，方交与来旺媳妇自己抱进去了。

注释：①对牌：一种用竹木制成的支领财物的凭证。②呈文京榜：呈文和京榜都是纸的名称。③纸札：这里是纸张的意思。

课外试题

凤姐是怎样处理迟到的人的？这体现了她怎样的性格特点？

每人按说好的入册二十大板，并且革去一个月的月钱。这一行为体现了凤姐雷厉风行、赏罚分明，严格治理的性格特点。

答 案

凤姐去水月庵借宿，水月庵尼姑请凤姐办事，凤姐滥用职权，以平息事端为由，索取了三千两银子。

第十五回

凤姐弄权铁槛(kǎn)寺

人物	净虚
性格	贪得无厌，趋炎附势
身份	尼姑、智能儿的师父
住址	水月庵，因馒头做得好又称馒头庵

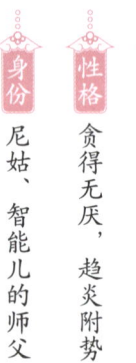

点题

宁国府送殡到铁槛寺。凤姐嫌那里不方便，就到水月庵(ān)借宿。水月庵尼姑净虚求她帮办一件事，凤姐因贪图三千两银子，答应净虚的请求，不料却间接害死了两条人命。

宁国府送殡，一路上非常热闹。出城后，凤姐怕宝玉从马上摔下来，就把他叫到自己的马车上。不久，就有仆人请凤姐去一处农家歇息。宝玉把秦钟叫来同去。进入农家时，那家的男子早被贾家人赶出去了。

　　凤姐进了农家，要更换衣服。宝玉和秦钟就带着小厮到外面逛逛。宝玉从没进过农家，看见锹（qiāo）、锄（chú）、镢（jué）、犁（lí）等农具，感到非常稀奇，就问这些农具叫什么、怎么用。小厮在旁一一给他解答。宝玉听了，点头叹息："难怪古诗上说'谁知盘中餐，粒粒皆辛苦'，就是这个原因吧。"

　　宝玉一面说，一面走进一间房屋，见炕上有个纺车，就兴致勃勃地转动起来。突然一个十七八岁的农村丫头跑来说："别动坏了！"宝玉连忙住手，说道："我因没有见过，所以试一试。"那丫头说道："你哪里会弄这个！站开了，我纺给你看。"说着，那丫头就纺起线来。宝玉刚要说话，那丫头却被一个老婆婆叫走了。

凤姐更衣后，将宝玉和秦钟叫来吃点心，吃完就和他们两人坐车离开农家。走不多远，宝玉回头看见那丫头抱着弟弟在和几个小女孩说笑。

到铁槛寺后，贾府上下都被安排住在寺里。只有凤姐觉得不太方便，因此让人和馒头庵的姑子净虚说了，腾出两间房子来住。这馒头庵就是水月庵，离铁槛寺不远，因他庙里做的馒头好，就起了这个浑号。

傍晚，凤姐带着宝玉和秦钟去到了水月庵。刚安顿下来，水月庵的老尼姑净虚就来求凤姐办一件事。原来，长安府府太爷的小舅子李衙（yá）内，看上了张财主的女儿金哥，想娶她回家。但是，金哥早就跟原长安守备家的公子定亲。张财主想退婚，但守备家不同意，还跟张家打起了官司。张财主没办法，就用金银珠宝收买净虚，请她帮忙处理此事。净虚贪图财物就来央求凤姐去跟王夫人和贾政说一声，送一封信过去，让守备家主动退婚。凤姐听了，笑道："太太现在不管这样的事。"净虚说道："太太不管，奶奶也可以做主了。"说完，又不断地奉承凤姐。凤姐心里受用，就让净虚跟张财主说"拿三千两银子来，我就替他出这口气"。净虚听了大喜，一路奉承，凤姐更加受用，就跟她攀谈起来。

次日，凤姐就叫旺儿假托贾琏的名义写了一封信，送给长安县的节度使云光。凤姐回到贾府不久，就收到云光的回信，说都已经办妥了。净虚听说，连忙叫张家去退亲。那李守备果然忍气吞声地收了退回的聘礼。哪知道，那金哥听说父母退了亲事后，就悬梁自尽了。李守备的儿子听说金哥自尽，也跳河自杀了。张李两家落得人财两空，凤姐却赚得了三千两银子。王夫人等人连一点消息都不知道。自此，凤姐的胆子越来越大，此后只要遇到这样的事就恣意妄为起来。

经典名句
谁知盘中餐，粒粒皆辛苦。
俗语说的，"能者多劳"。

经典原文
凤姐听了这话，便发了兴头①，说道："你是素日知道我的，从来不信什么是阴司地狱报应的，凭是什么事，我说要行就行。你叫他拿三千银子来，我就替他出这口气。"老尼听说，喜不自禁，忙说："有，有！这个不难。"凤姐又道："我比不得他们扯篷拉牵②的图银子。这三千银子不过是给打发说去的小厮作盘缠③，使他赚几个辛苦钱，我一个钱也不要他的。便是三万两，我此刻也拿得出来。"老尼连忙答应，又说道："既如此，奶奶明日就开恩④也罢了。"凤姐道："你瞧瞧我忙的，哪一处少了我？既应了你，自然快快的了结。"

注释：①兴头：这里指因兴奋表现出来的劲头。②扯篷拉牵：比喻通过不正当的介绍撮（cuō）合来谋取利益。③盘缠：这里指旅途费用。④开恩：这里是施予恩惠的意思。

课外试题

王熙凤答应拿三千两银子来就替张财主解决事情，体现了凤姐什么样的性格特点？

答案：体现了凤姐视财如命的贪婪性格特点。

079

第十六回
贾元春才选凤藻宫

人物	性格	别名	身份
秦钟	外表温和腼腆，内心却火热大胆	秦鲸卿	秦可卿的弟弟，宝玉的好友

点 题

贾政生日那天，贾元春晋封为凤藻宫尚书。因皇帝允许妃子回家省亲，贾府便忙着修建省亲别墅（shù），凤姐趁机给自己人安排差事。秦钟病重，临终前后悔自己不好好读书。

回家后，秦钟因为送殡时在郊外受了风寒，加上和智能儿偷偷约会，失于调养，回家就生病了。宝玉原本想约他晚上一起在外书房读书，如今只能等他病好了再约。

贾政生日这天，六宫都太监夏守忠突然来宣旨让他入朝去见皇帝。贾赦、贾政吓得急忙撤去酒席，换了衣服入朝去了。因为不知道这是什么兆头，贾府上下都惶惑不安。天快黑时，贾母等人才知道贾元春晋封为凤藻宫尚书，加封贤德妃。荣宁两府上下里外，顿时个个欢欣踊跃，得意扬扬，欢声笑语不断。

一天，水月庵的智能儿偷偷进城找秦钟。秦钟父亲发现后，不但赶走了智能儿，还打了秦钟一顿，自己气得老病发作，没几天就去世了。秦钟本来就生病，现在看到父亲被自己气死，病得更重了。宝玉知道后，心中惆怅，就算听到元春晋封的事，也高兴不起来。大家都笑他越来越傻了。

这时，贾琏派人送来一封信说，他和黛玉明天就回来了。因为王子腾举荐贾雨村来京任职，因此他们一起进的京。黛玉回来，见了贾母等人后，就将带回来的纸笔等物品，分给宝玉、宝钗和迎春等姐妹。宝玉把北静王赠予的鹡鸰（jí líng）珠转送给黛玉，却被黛玉扔回给他。

贾琏刚回房中，凤姐就称他为"国舅爷"，并向他道喜。接着，凤姐又故作谦虚地告诉贾琏自己协助管理宁国府的事。正说着，平儿进来说刚才香菱过来回话，被她打发走了。贾琏听了跟凤姐说，香菱这样的人才品貌，给薛蟠（pán）做妾，简直玷（diàn）辱了她。凤姐听了醋意大发。

贾琏出去后，平儿才告诉凤姐，她是以香菱过来为借口，遮掩旺儿媳妇给凤姐送来高利贷利息的事。贾琏回来和凤姐吃饭时，贾琏的乳母赵嬷嬷过来，请凤姐给她的两个儿子找份差事。接着，三人聊起了元春省亲的事情，以及以前贾府还有江南甄家迎接皇帝驾临的事。

正说得热闹，贾蓉、贾蔷二人就过来汇报省亲别院的选址，以及贾蔷去姑苏聘请教习等事，凤姐顺势推荐赵嬷嬷的两个儿子和贾蔷一起去。此后一段时间，荣宁两府都为造省亲别墅的事忙得人仰马翻。贾政没时间问宝玉的功课，宝玉心中自然畅快了。但宝玉一想到秦钟的病越来越重了，又高兴不起来。

这天，茗烟来报说秦钟不行了。宝玉听了，急冲冲地赶去秦家。这时，秦钟病得只剩下一口气了。临终前，秦钟告诉宝玉，他非常后悔不好好读书，专做混账事，以至于害了自己。

经典名句

心中怅然如有所失。

没吃过猪肉，也见过猪跑。

阎王叫你三更死，谁敢留人到五更。

天下官管天下事。

经典原文

贾琏遂问别后家中的事，又谢凤姐操持劳碌（lù）。凤姐道："我那里照管的上这些事来！见识又浅，嘴又笨，心又直，人家给个棒槌（bàng chui）①，我就认作针。脸又软，搁不住人家给两句好话，心里就慈悲了。况且又没经历过大事，胆子又小，太太略有些不自在，就吓得我连觉也睡不着了。我苦辞了几回，太太又不容辞，倒反说我图受用，不肯习学了。殊不知我是捻（niǎn）着一把汗儿呢。一句也不敢多说，一步也不敢多走。你是知道的，咱们家所有的这些管家奶奶们，哪一位是好缠的？错一点儿她们就笑话打趣，偏一点儿她们就指桑骂槐②的抱怨。'坐山看虎斗③''借刀杀人''引风吹火''站干岸儿''推倒油瓶不扶'，都是全挂子的武艺……"

注释：①棒槌：捶打用的木棒。②指桑骂槐：比喻明指此而暗骂彼。③坐山看虎斗：比喻对两方的斗争采取旁观的态度，以便趁机从中取利。

课外试题

贾政生日那天，宫中宣旨让贾政入朝，为什么贾府上下全都惊惶不安？之后又因为什么事由惊惶变得喜气洋洋？

答案 因为不知道这是什么大事，害怕是凶多吉少的事情。后来得知是因元春晋封为贵妃，才转悲为喜，如获至宝。

第十七回

宝玉试才大观园

人物　贾政
性格　谦恭厚道，忠厚老实
身份　荣国府二老爷，贾宝玉的父亲
官职　工部员外郎，升郎中

点题

省亲别墅建好后，贾政带着宝玉和清客们去园中逛逛，顺便给各种景点起名并作对联。贾政虽然心里对宝玉还算满意，但言语上对宝玉非常严厉。

这日，省亲别墅建好了，由于园中各种景致的匾额对联还空着，贾政便带清客们去园中逛逛，顺便题拟对联。可巧近日宝玉因思念秦钟，整天闷闷不乐，贾母便命人带他到园中玩耍排解情绪。宝玉才刚进去，忽见贾珍走来，和他说："老爷要过来了。"宝玉听了，赶忙带着下人出园，刚转过弯，就撞见贾政带人过来。贾政近日听先生说宝玉才学有长进，就命他跟着进园。

贾政等人刚至园门前，就见贾珍带着一群小厮在那等着。贾政让贾珍先把园门关上，让他看了园门之后，再进园子里去。贾珍便命人将园门关了。于是贾政站直身体观看园门，只见正门五间，雕刻精细，富丽不俗套，十分高兴，又命人打开园门，准备进园去。

一进入园门，就见迎面一带翠嶂（zhàng）挡在前面，沿着小山中间的羊肠小道进入山口，就看见山上有块题字用的白玉石。贾政请清客们

题字，清客们知道贾政要试宝玉的才学，于是就用"叠翠""锦嶂"等俗语来敷衍。贾政便叫宝玉拟题。宝玉说："将'曲径通幽'写在上面，还大方些。"众清客都赞宝玉是高才。贾政笑道："不要乱夸，他年纪还小，知道什么，不过是取笑罢了。"

进入石洞，只见一条清澈的小溪从花木山石中流出。再往前走，前面突然开阔，两边高楼耸立，楼前有一张碧绿的小池塘，池塘中有座小亭子。众清客又胡乱起"翼然""泻玉"之类的俗名。贾政笑着叫宝玉也

贾政携同贾府的一众清客及宝玉，共游新建成的大观园，并为各处景致题写匾额与对联。

拟一个。宝玉说道："用'泻玉'不如用'沁芳'新雅。"贾政听了，点头微笑。

出了亭子，不久就看见一堵白色围墙，里面几间精美的房子，掩映在翠绿的竹林中。大家进去后，清客们拟了两个名字，贾政都说俗，又叫宝玉拟。宝玉说"淇（qí）水""睢（suī）园"，太呆板迂（yū）腐，不如"有凤来仪"。宝玉又作一副对联。贾政摇头说："还是不见长进。"

贾政说完带着众人出来。不久看到一墙黄泥矮墙围成的院子，墙头都用稻茎掩护。院子里有几百棵杏花，开得像彩霞一般灿烂。里面建有几间茅草屋，屋外有井，还有几块菜地。贾政笑道："这处好，我们进去休息一会。"话落，正欲进篱门去，忽然看见路旁有一块石碣，是留着提名之用。贾政便让众人拟题。众人说"'杏花村'好"。宝玉却说"太俗，不如'杏帘在望'。"众人都道："好个'在望'！又暗合'杏花村'意。"宝玉冷笑道："村名若用'杏花'二字，则俗陋不堪了。又有古人诗云：'柴门临水稻花香'，何不就用'稻香村'的妙？"贾政听了，就骂宝玉"在老先生前卖弄"。等宝玉作完对联后，贾政又摇头说"更不好"。

贾政领着众人出来，不久突然看到一条小河从石洞缓缓流出，上面倒挂着蔓藤，下面落花在水面上漂荡。众人都赞"好景"。宝玉受命，拟题为"蓼（liǎo）汀（tīng）花溆（xù）"。贾政看到河上没有船，就以为不能进去了。

贾珍说可以从山道进去，说着就在前面带路。只见水上落花繁多，水面清澈，池边两行垂柳，夹杂桃杏，往前走又见柳荫中露出一个折带朱栏板桥。众人过桥后，就看到一所用水磨砖砌成的瓦房。贾政说："这所房子无味得很。"走进大门时，迎面是一座插天的大玲珑山石，四周堆着各种石块，里面一棵花木都没有，只有各种各样的奇异香草爬得到处

大观园试才示意图

路线说明（按游历顺序）：

- 贾政至园门前，观看园门情况
- 进入园门
- 因众人迷路，贾珍便引导大家出园子
- 沿着羊肠小道进入山口 —— "曲径通幽"
- 一带翠嶂
- 往前走，见高楼前的池塘及亭子 —— 沁芳亭、沁芳桥 "沁芳"
- 众人往前走到大桥前 —— 沁芳闸桥 "沁芳闸"（此桥是通外河之闸）
- 边说边走，见一座玉石牌坊
- 出来后，不远处看见一建筑巍峨
- 过桥后，见水磨砖砌成的瓦房
- 宝玉称"杏花"二字俗，遂建议用"稻香村" —— "杏帘在望"
- 众人进去休息了一会儿
- 贾政领着众人出来，见小河从石洞中流出
- 贾珍带众人从山道进去 —— "蘅芷清芬" 蘅芜苑
- "蓼汀花溆"

园内主要建筑与景点：

北、西、东、南（方位）

后园门、五间大房（厨房）、凸碧山庄、嘉荫堂、正殿、侧殿、含芳阁、大观楼、缀锦阁、蘅芜苑、折带朱栏板桥、蓼汀花溆、船坞、红香圃、红香圃三间小厅、芍药圃、稻香村、暖香坞、蓼风轩、藕香榭、荇叶渚、秋爽斋、晓翠堂、蜂腰桥、翠烟桥、沁芳溪、沁芳亭、沁芳桥、缀锦楼、紫菱洲、滴翠亭、潇湘馆（"有凤来仪"）、一带翠嶂、正门五间、茶房、角门、正园门、薛姨妈客居院、蔷薇花架、三间小抱厦、凤姐院、粉油大影壁、小过道子、后楼、穿廊、新盖的大花厅、南北宽夹道、芦雪庵

┄┄▶ 贾政、宝玉、清客们游历大观园路线

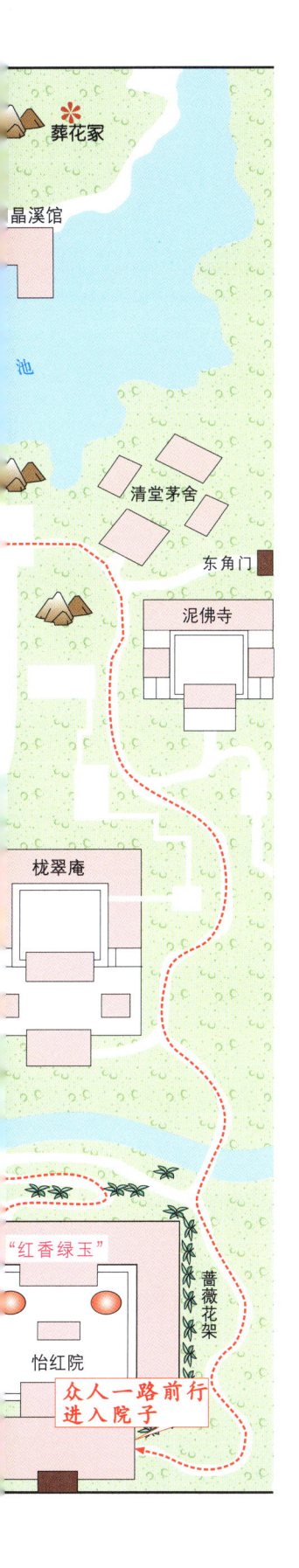

都是，气味芬芳。贾政不禁笑道："有趣！只是不大认识。"有人说是薜（bì）荔（lì）藤萝，贾政并不认同。宝玉便道："那香的是杜若蘅（héng）芜（wú），红的是紫芸，绿的定是青芷（zhǐ）。"

贾政赞叹"在这里煮茶弹琴，不用焚香了"，又叫众人拟题。有人道："再莫若'兰风蕙（huì）露'贴切了。"贾政点头认同。又叫宝玉拟题，宝玉题为"蘅芷清芬"。

说着，大家出来，走不多远看见一个建筑辉煌巍峨（wēi é），贾政道："这是正殿了。"一面说，一面走，只见正面现出一座玉石牌坊来。宝玉见了这个，突然觉得这里好像在哪里见过，但又记不起来了。众人继续往前，走到一座大桥前。原来此桥便是通往外河的闸（zhá）门，也是引泉水进来的地方。贾政便让宝玉给这个闸门提名，宝玉道："这是沁芳泉的正源，就叫'沁芳闸'。"

大家又一路前行，不久进入一个院子，里面一边种着几棵本地芭蕉，另一边种着一棵海棠。宝玉题名为"红香绿玉"。从院子出来，还未走几步，贾政和众人都迷了路。贾珍笑道："老爷随我来。"于是在前带路，众人跟着他，转过两层纱橱，就看见一扇门可以出去。出屋子后，进入院中，院中有一满墙的蔷薇花架，转过花墙，又有一座大山阻路，众人都道又迷了路了。贾珍仍笑着在前引导，众人随他，从山脚边一转，便是平坦宽阔大路，可以看到园子的大门，于是大家都出了园子。

经典名句

绕堤柳借三篙翠，隔岸花分一脉香。

编新不如述旧，刻古终胜雕今。

柴门临水稻花香。

天然者，天之自然而有，非人力之所成也。

非其地而强为地，非其山而强为山。

经典原文

大家想着，宝玉却等不得了，也不等贾政的命，便说道："旧诗有云：'红杏梢头挂酒旗'。如今莫若'杏帘在望'四字。"众人都道："好个'在望'！又暗合'杏花村'意。"宝玉冷笑道："村名若用'杏花'二字，则俗陋①不堪了。又有古人诗云：'柴门临水稻花香'，何不就用'稻香村'的妙？"众人听了，亦发哄声拍手道："妙！"贾政一声断喝："无知的业障②，你能知道几个古人，能记得几首熟诗，也敢在老先生前卖弄③！你方才那些胡说的，不过是试你的清浊④，取笑而已，你就认真了！"

注释：①俗陋：庸俗鄙陋。②业障：佛教上指由于过去的恶行所造成的障碍。这里是骂人的话。③卖弄：指有意在别人面前显示自己的长处，炫耀自己的才能。④清浊：这里指聪明才智。

课外试题

在山口，宝玉将此处景点题名为"曲径通幽"，众人都称赞宝玉，贾政却笑着叫大家不要乱夸，这表现了他什么样的心理？

答案 表现出贾政对宝玉既有期许又怕其骄傲的矛盾心理。

第十八回

贾元春元宵节省亲

人物	性格	别名	身份	位分变化
贾元春	雍容大度、温良贤淑，才德兼备	大姑娘、贾妃、元妃、贵妃、娘娘	宝玉的姐姐，皇帝的妃子	女史→凤藻宫尚书→贤德妃→贵妃

点题

元宵节元妃归省，进入省亲别院，暗叹园里布置过于奢华了。在贾母房中，元妃、贾母、王夫人见面时，三人相拥而泣。元妃命宝玉和众姐妹作诗，黛玉因不得展诗才，就偷偷替宝玉作了一首。

贾妃省亲的日子定在来年的元宵节。元宵节这天一大早，贾母等有诰（gào）命身份之人都按照各自的品级穿上正式服饰，到荣国府大门外等候。不久，宫中就派人告知贾妃傍晚才能来。天黑时，刚点上蜡烛了，突然有太监来报："娘娘来了。"

贾赦领着全族子侄在西街门外，贾母带领全族女眷在大门外迎接。先是十来对仪仗太监和执事太监骑马走来，至西街门下了马，将马赶出围幪（mù）之外，垂手面西站住。半日才看到八个太监抬着金顶黄金绣凤版舆（yú）（皇室仪制中贵妃坐的轿子。）缓缓走来，贾母等急忙跪下迎接，早有几个太监过来把贾母扶起来。

版舆抬进大门，入仪门往东去，到一所院落门前，有执拂太监跪请贾妃下舆更衣。元春入室，换好衣服出来，上舆进园。院中用各种颜色

贾母率领贾府众人,在府门之外迎接贵妃,向贵妃行礼,太监见状,连忙上前搀扶。

的纱绫扎成的花灯灿烂辉煌,非常精美;园中处处灯光相映,说不尽的富贵气派。贾妃在轿内看到此园内外如此豪华,不禁感叹过于奢华了。不久,就有执拂太监跪请登舟,贾妃便下舆,直接上船。船驶到了一个石头港口时,港口上一面匾灯,显现出"蓼汀花溆"四个字。这四个字以及"有凤来仪"等处的匾额,都是上一次宝玉拟的,为什么今日认真地用上了这些匾联呢?原本,宝玉小时候由贾妃照顾,三四岁时贾妃就教他念诗,两人情同母子。因此,宝玉所拟的匾额就算不好,贾政还是会让人写上,只是为了让贾妃知道宝玉没有辜负她的教养。

舟临内岸,贾妃下船,便见一座桂殿巍峨,石牌坊上题着"天仙宝境"四字,贾妃忙命人换成"省亲别墅"四字。进入行宫,礼仪太监跪请贾妃上座,接受朝拜,两边开始奏乐。礼仪太监二人引贾赦、贾政等在殿外台阶下按位次排列行礼,殿上传谕曰:"免。"太监引贾赦等退出。

又有太监引荣国太君及女眷等在正殿台阶上按位次行礼，殿上再谕曰："免。"于是引退。茶献过三回，贾妃从座位上走下来，奏乐停止。贾妃退入侧殿更衣，又坐省亲车驾出园。

贾妃到了贾母的房间，正要对贾母下跪行家礼，贾母等赶紧跪下阻止。贾妃泪流满面，一手搀贾母，一手搀王夫人，三人一句话都说不出，只是对着流泪。众人围在旁边陪着流泪。半天，贾妃才止住眼泪，强笑劝道："当日既送我到那不得见人的去处，好容易今日回家，大家不说说笑笑，反倒哭起来。一会我走了，又不知多久才能回来！"说完，又哭了。邢夫人等忙上来劝解。

入座后，贾妃又跟众亲友一一相见。接着贾政在帘外请安，两人虽然是父女，却只能隔着帘子说些"皇恩浩荡，勿以为念"之类的客套话。贾政退下后，贾妃又召见了宝玉。宝玉行完国礼，贾妃就叫他过来，抱

贾元春省亲大观园示意图

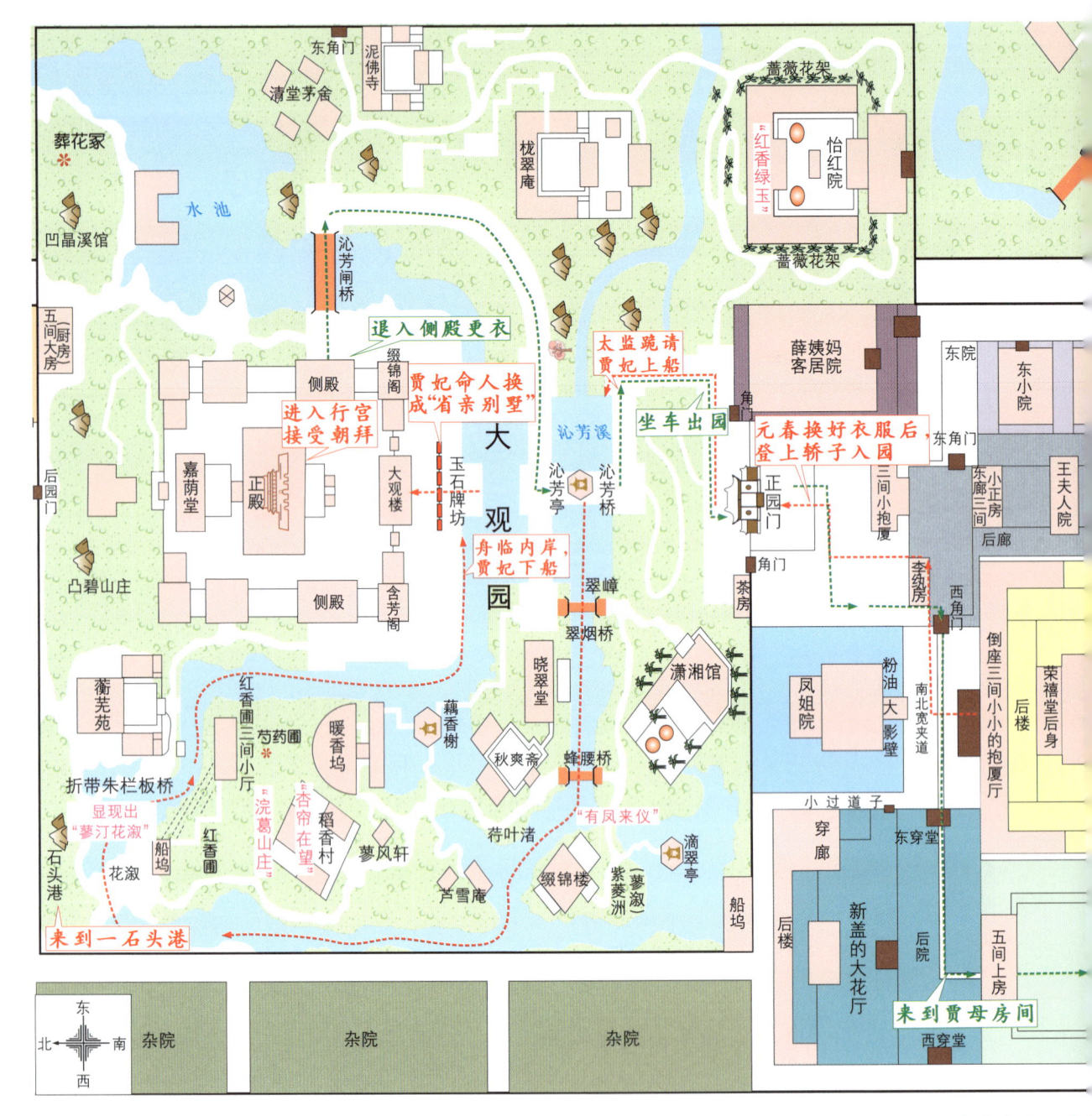

荣国府平面图

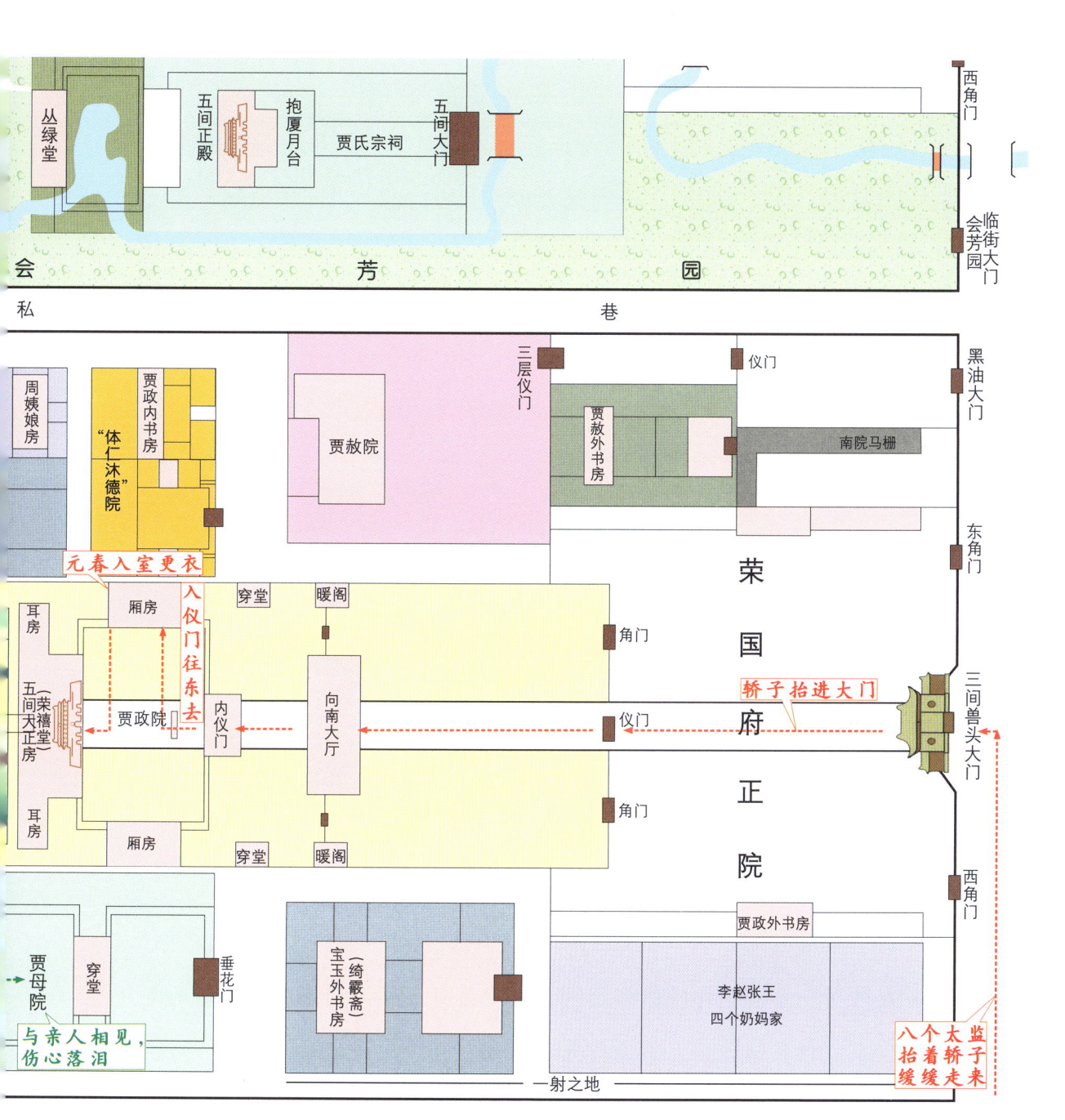

会芳园
- 丛绿堂
- 五间正殿
- 抱厦月台
- 贾氏宗祠
- 五间大门
- 西角门
- 临街大门
- 会芳园

私 巷

荣国府正院
- 周姨娘房
- 贾政内书房
- "体仁沐德"院
- 贾赦院
- 三层仪门
- 仪门
- 贾赦外书房
- 南院马栅
- 黑油大门
- 东角门
- 厢房
- 穿堂
- 暖阁
- 耳房
- 五间荣禧堂正房
- 贾政院
- 内仪门
- 向南大厅
- 角门
- 仪门
- 三间兽头大门
- 耳房
- 厢房
- 穿堂
- 暖阁
- 角门
- 西角门
- 贾母院
- 穿堂
- 垂花门
- 宝玉外书房（绮霰斋）
- 贾政外书房
- 李赵张王 四个奶妈家

一射之地

标注：
- 元春入室更衣
- 入仪门往东去
- 轿子抬进大门
- 八个太监抬着轿子缓缓走来
- 与亲人相见，伤心落泪

----> 元春去贾母院路线

093

住他,说:"比以前长大了……"没说完,就泪如雨下。

尤氏、凤姐等上来禀报:"宴席已经准备好了,请贵妃娘娘前去。"元妃等起身,命宝玉导引,遂同众人步行到园门前,进园来先到"有凤来仪""红香绿玉""杏帘在望""蘅芷清芬"等处,每处铺陈不一,点缀新奇。贾妃极加奖赞,又劝:"以后不可太奢侈。"到了正殿,贾妃下谕免礼归座,大开筵宴。

晚宴过后,元妃命人传笔砚伺候,赐正殿"大观园"之名,"有凤来仪"赐名"潇湘馆","红香绿玉"改作"怡红快绿"即名"怡红院","蘅芷清芬"赐名"蘅芜苑","杏帘在望"赐名"浣葛山庄",以及园中其他景致一一赐名。又命之前的匾都不必摘去,自己先提了一首绝句:

衔山抱水建来精,多少工夫筑始成。

天上人间诸景备,芳园应锡大观名。

写毕,向众姐妹笑道:"此'潇湘馆''蘅芜苑'二处,我所极爱,次之'怡红院''浣葛山庄',这四个地方,必需有诗题咏才好。"说完,便命众姐妹各题一诗,宝玉四大处各赋一首。姐妹们写完,呈给贾妃。贾妃看完将宝钗和黛玉的作品评为最佳。

黛玉原本想大展才学压倒众人,但贾妃只命作一首,不好违命多作,就胡乱作了一首五言律应景。宝钗无意中看见宝玉诗中用了一个贾妃不喜欢的词,就教他改过。黛玉看见宝玉还有《杏帘在望》一首没作,就偷偷帮他写了。贾妃看了宝玉呈上来的诗后,高兴地称赞他有进步了,又说《杏帘在望》最好。

因《杏帘在望》一诗中,有两句诗写道:"一畦(qí)春韭绿,十里稻花香。盛世无饥馁(něi),何须耕织忙。"于是贾妃又将"浣葛山庄"改为"稻香村"。

深夜，众人陪贾妃看戏，正看得高兴，突然太监启奏："已经过丑时三刻了，请娘娘起驾回宫。"贾妃听了，不由得流下泪来。但皇命难违，贾妃只得叮嘱贾母等保重身体后，便忍痛上轿回宫了。

经典名句

借得山川秀，添来景物新。
一畦（qí）春韭绿，十里稻花香。
盛世无饥馁（něi），何须耕织忙。

经典原文

彼时宝玉尚未作完，只刚作了"潇湘馆"与"蘅芜苑"二首，正作"怡红院"一首，起草内有"绿玉春犹卷"一句。宝钗转眼瞥见①，便趁众人不理论，急忙回身悄推他道："她因不喜'红香绿玉'四字，改了'怡红快绿'；你这会子偏用'绿玉'二字，岂不是有意和她争驰②了？况且蕉叶之说也颇多，再想一个字改了罢。"宝玉见宝钗如此说，便拭汗说道："我这会子总想不起什么典故出处③来。"宝钗笑道："你只把'绿玉'的'玉'字改作'蜡'字就是了。"

注释：①瞥见：无意中看到。②争驰：指争胜，互不相让。③典故出处：指诗文中引用的古代故事和有来历的词语。

课外试题

元妃与贾母、王夫人见面，原本应该高高兴兴的，为什么她们都哭得说不出话来？

答案：因为元妃虽然荣华在身，却难掩自己对亲人思念之情的难过。

第十九回

宝玉出府探袭人

人物	花袭人
性格	温柔体贴、心思缜（zhěn）密
别名	花珍珠、花大姑娘
身份	宝玉的首席丫鬟
身份变化	贾母丫鬟→湘云丫鬟→宝玉丫鬟→蒋玉菡（hán）妻子

点题

宝玉在小厮茗烟的怂（sǒng）恿下，偷偷去花家找袭人。晚上，袭人回来告诉宝玉她家人想赎她出去，宝玉请求袭人不要出去，袭人趁机劝宝玉改掉不爱读书的毛病。

宝玉去黛玉房中探望，给黛玉说耗子精偷香油的故事，逗得黛玉忍俊不禁，二人玩闹在一起。

这天,宝玉应邀去宁国府看戏,看了一会儿,就不想看了。宝玉的小厮茗烟,趁机怂恿宝玉出城外玩。宝玉想到,袭人今天回家探望母亲,就决定骑马去花家看花袭人。

宝玉骑马走了半里路,就到了花家大门。茗烟先进去叫袭人的哥哥花自芳。花自芳出来,一见宝玉,连忙把他抱下马,大声说:"宝二爷来了。"袭人听到,急忙出来,先是责怪茗烟私自把宝玉带出来,然后就把宝玉拉到屋里。

花自芳母子怕宝玉冷,就让他上炕,然后又忙着摆桌倒茶。袭人笑着叫他们不要乱忙,说宝玉不吃这里的东西,边说边把自己的坐褥拿了铺在一个杌(wù)上,请宝玉坐下;然后又将自己的茶杯斟了茶,递与宝玉。袭人又剥开一个松子,吹去了皮,递给宝玉。宝玉见她眼睛红红的,就问她怎么了,袭人只说被沙迷了眼遮掩过去了。

袭人又将宝玉的玉解下来,递给姐妹们看,说:"平常说起来,你们都非常稀罕,都想看,那现在就都看看吧。"姐妹们看完后,袭人仍帮宝

玉系好，并让她哥哥雇一辆车送宝玉回去。

晚上，袭人才回来。宝玉问："今天那个穿红衣服的是你什么人？"袭人说，那是她的一个姐妹，准备要出嫁了，并叹息自己刚要被赎回去，自己的姐妹就要嫁出去了。宝玉一听袭人要出去就急了，连忙请求袭人不要离开贾府。袭人却说她不可能待在贾府一辈子，迟早是要出去的。宝玉见袭人说得那么坚决，觉得袭人是个无情无义的人，就不理她，自己赌气上床睡了。

原来，袭人在家里听家人说要赎她回去，她就说自己是死也不回去的，并哭闹了一阵子。她母兄见她如此执着，就死心了。不想，宝玉突然来了。他和袭人又这样亲密无间，袭人的母亲和哥哥自然就明白了是怎么回事，心里的石头也就落下了。

过了一会儿，袭人看见宝玉不理她，就去推宝玉，看见他满脸泪痕，袭人便笑道："你真心留我，我就不出去了。"宝玉听了忙问："怎样才能留你。"袭人便趁机劝宝玉改掉三个毛病：一不要吃别人嘴上的胭脂；二就算不喜欢读书，平时也要装出喜欢读书的样子，让贾政少生气；三不要称那些读书上进的人为"禄蠹（lù dù）"。宝玉为留下袭人，就都一一答应了。

次日，宝玉去看黛玉，给黛玉讲了耗子精偷香油的故事。宝玉其实是借耗子精之口，拐着弯说黛玉身上很香。黛玉自己听得出来，就笑着骂宝玉，假装要撕烂他的嘴。正闹玩着，宝钗就进来了，笑问："谁说典故呢？我也听听。"宝玉和黛玉两人才不玩闹了。这时，宝玉房中突然传来一阵吵闹声，这是怎么回事呢？

经典名句

飞灰还不好，灰还有形有迹，还有知识。

那原是小时不知天高地厚，信口胡说，如今再不敢说了。

只是百事检点些，不任意任情的就是了。

可知一还一报，不爽不错的。

经典原文

袭人道："第二件，你真喜读书也罢，假喜也罢，只是在老爷跟前或在别人跟前，你别只管批驳诮（qiào）谤（bàng）①，只作出个喜读书的样子来，也教老爷少生些气，在人前也好说嘴。他心里想着，我家代代读书，只从有了你，不承望你不喜读书，已经他心里又气又愧了。而且背前背后乱说那些混话，凡读书上进的人，你就起个名字叫作'禄蠹②'；又说只除'明明德'外无书，都是前人自己不能解圣人之书，便另出己意，混编纂（zuǎn）③出来的。这些话，怎么怨得老爷不气，不时时打你。叫别人怎么想你？"宝玉笑道："再不说了。那原是小时不知天高地厚④，信口胡说，如今再不敢说了。还有什么？"

注释：①批驳诮谤：意思是批评驳斥、嘲讽毁谤。②禄蠹：这里比喻贪求官位俸禄的人。③编纂：整理收集资料，编写篇幅较大的作品。④不知天高地厚：形容人狂妄自大、幼稚无知。

课外试题

袭人劝宝玉改掉哪三个毛病？宝玉答应了吗？

答案：一是改掉爱喝人嘴上的胭脂；二是爱读书就读书，也要装出喜读书的样子，让老爷少生气；三是不要叫姐姐妹妹乱起名字。宝玉对袭人说的"都改，都改"，就都答应了。

099

第二十回
凤姐正言弹压妒意

人物	性格	别名	身份
李嬷嬷	倚老卖老、蛮横唠叨	李奶奶、李妈妈	宝玉的奶娘，李贵的妈妈

点题

李嬷嬷骂袭人，宝玉等人劝不住她，幸好凤姐出手将她拉走了。这天，凤姐无意中听到贾环和赵姨娘搬弄是非，就把他们训斥了一顿。

那天，宝玉正和黛玉、宝钗说笑，突然他房中传来吵闹声。原来，宝玉的奶娘李嬷嬷正在骂袭人。宝玉忙出来告诉李嬷嬷，袭人病了吃药刚睡下。李嬷嬷见宝玉护着袭人，更加生气，一边哭一边说，宝玉大了就不理她这个奶娘了。

可巧凤姐正在上房算账，听到这边的吵嚷声，就连忙过来，一边说："好妈妈别生气，我炖好的野鸡肉，我们一起吃去。"一边拉着李嬷嬷就走。宝钗、黛玉见了，都拍手笑道："亏这一阵风来，把个老婆子撮（cuō）了去了。"

宝玉过来安慰袭人，袭人边哭边劝宝玉不要为了她得罪人。宝玉不想增加她的烦恼，就让她好好休息，不要多想。晚饭后，宝玉回房，见晴雯等丫头都出去玩了，只有麝（shè）月一个人留下看家，就替麝月梳篦（bì）。才梳几下，晴雯回来取钱，见了冷笑说："哦，交杯盏还没吃，倒上头了!"说着,拿了钱,就走了。

次日,宝玉见袭人病好了,就去薛姨妈这边闲逛。这天,贾环也过来和宝钗、香菱、莺儿三个玩赶围棋。贾环连输了几盘,急得作弊,赢了莺儿的钱。莺儿不服,宝钗便责怪莺儿说:"难道爷们儿还赖你?"莺儿听了,只得给贾环钱,口里说:"一个做爷的,还赖我们这几个钱。前儿和宝二爷玩,他输了那些,也没着急。"

贾环听了,哭着说,因为他不是太太生的,所以大家都欺负他。宝钗连忙劝他。正巧宝玉走来,见这样的情景,就叫贾环自己玩去。贾环回房后,跟赵姨娘说莺儿欺负他。赵姨娘轻蔑地说:"谁叫你上高台盘去了?下流没脸的东西!哪里玩不得?谁叫你跑了去讨没趣?"这话正巧被凤姐听到了,就训斥了赵姨娘一顿,把贾环叫出来,给他一吊钱去玩。贾环得了钱,找迎春等玩去了。

宝玉和宝钗正开玩笑,听说史湘云来了,就和宝钗一起去贾母房中。黛玉见宝玉和宝钗在一起玩,就生气回房。宝玉忙跟过来道歉。不一会儿,宝钗走来说:"史大妹妹等你呢!"说着,就把宝玉推走了。

没过一会儿,宝玉进来见黛玉哭了,忙向她表明,说这么多姐姐妹妹中,他和她才是最亲近的人。正说着,湘云走来,笑着说她好不容易来一趟,宝玉都不理她。黛玉笑湘云说话咬舌,把"二哥哥"叫成"爱哥哥"。三人相互取笑,很是开心。

经典名句

亏这一阵风来，把个老婆子撮了去了。

原来天生人为万物之灵，凡山川日月之精秀只钟于女儿。

自己不尊重，要往下流走，安着坏心，还只管怨人家偏心。

经典原文

正说着，可巧凤姐在窗外过，都听在耳内，便隔窗说道："大正月又怎么了？环兄弟小孩子家，一半点儿错了，你只教导他，说这些淡话①作什么！凭他怎么去，还有太太、老爷管他呢，就大口啐（cuì）他！他现是主子，不好了，横竖②有教导他的人，与你什么相干！环兄弟出来，跟我玩去。"贾环素日怕凤姐比怕王夫人更甚，听见叫他，忙唯唯的出来，赵姨娘也不敢喷（zé）声。凤姐向贾环道："你也是个没气性的！时常说给你：要吃，要喝，要玩，要笑，只爱同哪一个姐姐、妹妹、哥哥、嫂子玩，就同哪个玩。你不听我的话，反叫这些人教得歪心邪意③，狐媚子霸道的。自己不尊重，要往下流④走，安着坏心，还只管怨人家偏心。输了几个钱？就这么个样儿！"

注释：①淡话：指无聊的话。②横竖：反正的意思。③歪心邪意：心术不正。④下流：这里指不正派，劣等。

课外试题

为什么李嬷嬷无事生非骂袭人，宝玉等人都不责备她，凤姐听到了也并未惩罚她，反而好言将她哄走？

答案：因为李嬷嬷是奶母，身份地位非常高，在贾府中是有头有脸的，她不是普通的下人奴婢，是贾府的功臣，凤姐善于人情世故（wù）的她。

第二十一回

俏平儿软语救贾琏

人物	平儿
性格	聪明娇俏、善良忠诚
别名	平姑娘、平姐姐
身份	王熙凤的陪嫁丫头，贾琏的通房丫头（妾）

点题

袭人见宝玉一大早在黛玉房中梳洗了，就假装生气，然后趁机劝宝玉。贾琏搬去书房后，趁机拈花惹草，幸好平儿帮他掩饰，瞒过凤姐。

晚上，湘云仍然跟往常一样，去黛玉房中安歇。次日天明，宝玉就披着衣，靸（sǎ）着鞋子，进黛玉房中来了。那黛玉严严密密裹着被子，史湘云却把胳膊露在外面，宝玉见了就轻轻地替她盖上。

黛玉早已醒了，见宝玉进来，就叫他出去，然后起来叫醒湘云，二人都穿上外衣。宝玉又进来，见湘云洗脸后，宝玉就拿湘云用过的洗脸水来洗脸，然后又央求湘云帮他梳头。湘云不愿意，便找借口推托。宝玉再三央求，湘云只得帮他梳头。帮宝玉编辫子时，湘云问："这珠子只有三颗了。"宝玉说："丢了一颗。"黛玉冷笑："也不知是真丢了，还是送人了。"

袭人进来，见宝玉梳洗过了，只得回去自己梳洗。宝钗走来问："宝兄弟哪去了？"袭人含笑道："宝兄弟哪里还有在家里的工夫！"宝钗听说，心中明白。袭人又说："姐妹们和气，也要有个分寸，不能胡闹。"宝钗听了，觉得袭人很有见识，就坐下来和她聊天。

宝玉回来了，宝钗才出去。宝玉见袭人生气了，就问原因。袭人冷笑："我哪里敢动气？只是从今以后别进这屋子了。横竖有人服侍你，再不必来支使我。我仍旧还服侍老太太去。"一面说，一面躺在床上装睡。

宝玉吃过饭后，见袭人仍不理他，只好自己看书，看累了就自己睡了。原来，袭人见宝玉整天和姐妹们玩闹，就故意不理他，等他来和自己说话时再趁机劝劝他，没想到宝玉竟然一天都没理她，袭人反而不知道怎么办了。次日一早，宝玉推袭人起床，袭人趁机劝说宝玉不要不分白天黑夜地和姐妹们玩闹。

凤姐的女儿得了痘疹（dòu zhěn），屋里要供奉痘疹娘娘。贾琏只好搬去书房睡。不久，贾琏就跟厨子多浑虫的媳妇多姑娘偷偷好好上了，两人海誓山盟，难分难舍。女儿病好后，贾琏便搬回来。平儿收拾贾琏搬回来的东西，发现了一绺（liǔ）头发，便对贾琏笑道："这是什么？"贾琏看见，抢上来要夺。平儿便跑，被贾琏一把揪住。

正闹着，只见凤姐进来，问贾琏有没有丢东西或多了什么东西。贾琏听得脸都黄了，只望着平儿杀鸡抹脖使眼色儿。平儿假装没看见，说

平儿发现了贾琏搬去书房住的时候与其他人有纠缠，当凤姐进来询问情况时，平儿巧妙地为贾琏打起了掩护。

没搜出什么来。凤姐走后，平儿晃着那束头发，笑道："这事怎么回谢我呢？"贾琏见了，一边叫平儿不要让凤姐知道，一边去抢头发，平儿急忙跑到门外。

不久凤姐进来，对贾琏说有事和他商量。凤姐到底要商量什么事呢？

经典名句 不悔自己无见识，却将丑语怪他人。

经典原文 续毕，掷笔就寝①。头刚着枕，便忽睡去，一夜竟不知所之②，直至天明方醒。翻身看时，只见袭人和衣睡在衾（qīn）③上。宝玉将昨日的事已付与度外④，便推她说道："起来好生睡，看冻着了！"原来袭人见他无晓夜和姊妹们厮闹，若直劝他，料不能改，故用柔情以警之，料他不过半日片刻仍复好了。不想宝玉一日夜竟不回转，自己反不得主意，直一夜没好生睡得。今忽见宝玉如此，料他心意回转，便越性不睬他。

注释：①就寝：上床睡觉。②不知所之：不知道怎么办才好。③衾：这里指被子。④付与度外：这里指不放在考虑之中。

课外试题

贾琏搬回来后，平儿发现了什么，她为什么要替贾琏隐瞒？

答案：是一束女人的头发。平儿发现贾琏藏着为了自身的丫头，难怪凤姐之间的和睦。

第二十二回

听曲文
宝玉悟禅机

人物	史湘云
性格	豪爽开朗、心直口快
别名	史大姑娘、云姑娘、云妹妹、枕霞旧友
身份	保龄侯史鼐的侄女、贾母的内侄孙女

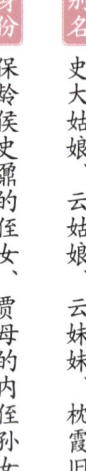

点 题

湘云说演小旦的女孩像黛玉,宝玉怕湘云得罪黛玉,忙给她使眼色,结果黛玉和湘云都生他的气。宝玉伤心,想起宝钗给他念的曲子,就写了个偈(jì)语和曲子,结果被黛玉等嘲笑。

贾琏听凤姐说有话商量，就问是什么话。原来凤姐是要商量给宝钗过生日的事。因为宝钗正好是及笄（jī）之年，贾琏夫妻决定要办得比黛玉生日时稍微隆重些。

贾母喜欢宝钗为人稳重和平，就把二十两银子交给凤姐摆酒请戏班。晚上说笑时，贾母问宝钗爱听什么戏、爱吃什么东西等。宝钗依照贾母喜欢的来说，贾母更加高兴。

宝钗生日那天，大家在贾母内院吃酒看戏。宝钗点了一出《鲁智深醉闹五台山》。宝玉嫌宝钗点的戏太热闹，宝钗就说宝玉不懂戏，并说这戏中的《寄生草》曲子，词藻写得很好。

宝玉便求宝钗念给他听。宝钗念后，宝玉喜得拍膝画圈，又赞宝钗无书不知。林黛玉说道："安静看戏罢！还没唱《山门》，你倒《妆疯》了。"说得湘云也笑了。

贾府为庆祝宝钗的生日，请来戏班为宝钗庆生，众人聚集在一起点戏、听戏。

晚上准备散时，演小旦和小丑的小女孩进来领赏钱。凤姐笑道："这个孩子扮相活像一个人，你们再看不出来。"宝钗知道，只笑不说，宝玉则是不敢说。史湘云笑道："倒像林姐姐的模样儿。"宝玉忙给湘云使眼色。众人笑了，都说确实像。

湘云回房后，就命丫头翠缕收拾衣服，准备回侯府。宝玉见了，忙说道："好妹妹，你错怪我了。林妹妹是个多心的人。我是怕你得罪了她，所以才使眼色。"湘云说道："别人说她可以，我说了就不可以。她是小姐主子，我是奴才丫头，得罪了她，使不得！"说着，愤愤地进了贾母房间。

宝玉没趣，只得去找黛玉，结果黛玉也怪他给湘云使眼色。宝玉原本怕她们两人生隙（xì），所以就想从中调和，没想到这两人都怪他。宝玉越想越伤心，想到宝钗所念《寄生草》里的句子"赤条条，来去无牵挂"时，突然拿笔写了一首偈语和一支《寄生草》，写完就睡了。

次日，黛玉到宝玉房中，看到宝玉写的偈语和曲子，就拿去给湘云和宝钗看。然后，三人一起去找宝玉，问他悟出了什么。宝玉答不出来，被三人取笑了一番。突然有人来叫他们去贾母房间猜元春做的灯谜。大家暗暗把谜底写在纸上后，又分别写了一个谜语。

太监拿回宫，晚上来传话，并将礼物送给猜出谜语的人。迎春和贾环没猜出谜语，没得礼物。太监又说元春没猜出贾环写的谜语，贾环只好告诉他谜底："一个枕头，一个兽头。"

贾母又叫众姐妹每人做一个谜语，晚上大家猜谜。

贾政见贾母这么高兴，也来猜谜，看完众姐妹所写的谜语后，贾政总觉得这些谜语写的都是不祥之物，不由得伤心起来。他回房后躺在床上翻来覆去，伤心得睡不着。

经典名句

巧者劳而智者忧，无能者无所求。

山木自寇，源泉自盗。

菩提本非树，明镜亦非台，本来无一物，何处染尘埃？

经典原文

看毕，又看那偈语①，又笑道："这个人悟了。都是我的不是，都是我昨儿一支曲子惹出来的。这些道书禅（chán）机②最能移性。明儿认真说起这些疯话来，存了这个意思，都是从我这一只曲子上来，我成了个罪魁（kuí）③了。"说着，便撕了个粉碎，递与丫头们说："快烧了罢。"黛玉笑道："不该撕，等我问他。你们跟我来，包管叫他收了这个痴心邪话④。"

注释：①偈语：原指佛经中的唱词，这里指得到体悟后写成的语句。②禅机：用含有机要秘诀的言辞，使人有所领悟。③罪魁：罪恶行为的首领。④痴心邪话：这里指疯话。

课外试题

宝玉怕湘云得罪黛玉，忙给湘云使眼色，为什么惹得二人都生气了？

答案：宝玉给湘云使眼色是怕湘云说出唱戏的伶人长得像黛玉的事，可湘云觉得自己在这件事上没做错什么，而此举黛玉却觉得自己在别人眼中是如同戏子般的人，所以惹得二人都生气了。

第二十三回

宝黛共读《西厢记》

人物 贾宝玉

性格 温和多情、蔑视世俗、具有叛逆精神

别名 宝二爷、怡红公子、绛洞花主

位分变化 神瑛（yīng）侍者

点题

宝玉拿《西厢记》去沁芳闸桥那边的桃花树下看，不久就遇到葬花的黛玉，两人就一起在花树下共读《西厢记》。

元春自那日临幸大观园后，就叫探春将那天所写的诗句都抄录下来。不久，元春又叫太监夏守忠到荣国府来下一道谕旨，命众姐妹搬去园中居住，又叫宝玉也进去读书。

二月二十二日那天，大家一起搬进了大观园。宝玉搬进大观园后，每日只和姐妹、丫头们消磨时光，过得十分快乐。当然，偶尔也有不开心的时候。茗烟为了逗他开心，就去外面书店给他买了古今小说和传奇故事之类的书给他看。宝玉便将那些文笔雅致的书藏在床头上，没人时偷偷看，文笔粗俗的就藏在外面书房里。

这天早上，宝玉拿着一本《会真记》（《会真记》是《西厢记》的前身，《西厢记》是元代王实甫在《会真记》的基础上改编创作的杂剧），到沁芳闸桥那边桃花树底下的一块石头上坐下来看。看到"落红成阵"一语时，一阵风吹过，树上的桃花纷纷落下。宝玉想把身上的落花抖下，又怕落花被行人踩烂，只得兜了那花瓣，来到池塘边，倒进池水中。

突然，背后有人说道："你在这里做什么？"宝玉回头一看，却是林黛玉来了，肩上担着花锄，锄上挂着花囊，手内拿着花帚。宝玉见了，笑着叫黛玉和他一起将落花扫进池水中。黛玉却说："倒进水里，水流到脏的地方，花仍被糟蹋了。那畸（jī）角上我有一个花冢（zhǒng），把花扫了，装在绢袋里，拿土埋上，岂不干净。"

宝玉深以为然，笑道："待我放下书，帮你来收拾。"黛玉说道："什么书？"宝玉见问，慌忙想把书藏起来，又说："不过是《中庸》《大学》。"黛玉自然不信，宝玉只好把书递给黛玉。黛玉接书来瞧，从头看去，越看越爱看，自觉词藻警人，余香满口。看完后，还在心里默默地记诵。

宝玉笑道："妹妹，你说这书写得好不好？"黛玉笑道："果然有趣。"宝玉笑道："我就是个'多愁多病身'，你就是那'倾国倾城貌'。"黛玉听了大怒，指着宝玉说道："你这该死的胡说！把这淫词艳曲弄了出来，还学了这些混话来欺负我。我告诉舅舅、舅母去。"说着，眼圈就红了。宝玉连忙求饶，还发誓"如果我欺负你，就让我变个大王八"，说得黛玉都笑了。两人说笑一会儿，就去收拾落花，将花掩埋好，就见袭人来找宝玉回去。

众姐妹搬进大观园后，一日，宝玉偶遇黛玉，二人在花树下共读《西厢记》。

宝玉、黛玉共读《西厢记》示意图

图例标注：

- 北 / 西 / 东 / 南（方位）
- 周瑞家
- 后门
- 黛玉走至梨香院墙角，听到《牡丹亭》
- 梨香院
- 后园门
- 角门
- 五间大厅（厨房）
- 蘅芜苑
- 折带朱栏板桥
- 凸碧山庄
- 花溆
- 船坞
- 红香圃
- 红香圃三间小厅
- 嘉荫堂
- 芍药圃
- 稻香村
- 暖香坞
- 正殿
- 蓼风轩
- 侧殿
- 侧殿
- 藕香榭
- 芦雪庵
- 含芳阁
- 大观楼
- 缀锦阁
- 荇叶渚
- 秋爽斋
- 玉石牌坊
- 晓翠堂
- 大观园
- 缀锦楼
- 蜂腰桥
- 翠烟桥
- 翠幛
- 沁芳亭
- 沁芳溪
- 沁芳桥
- 紫菱洲（蓼溆）
- 滴翠亭
- 潇湘馆
- 船坞
- 茶房
- 角门
- 正园门
- 角门
- 薛姨妈客居院
- 杂院
- 后楼
- 穿廊
- 凤姐院
- 新盖的大花厅
- 小过道子
- 粉油大影壁
- 三间小抱厦

----→ 宝玉、黛玉读书和葬花路线

112

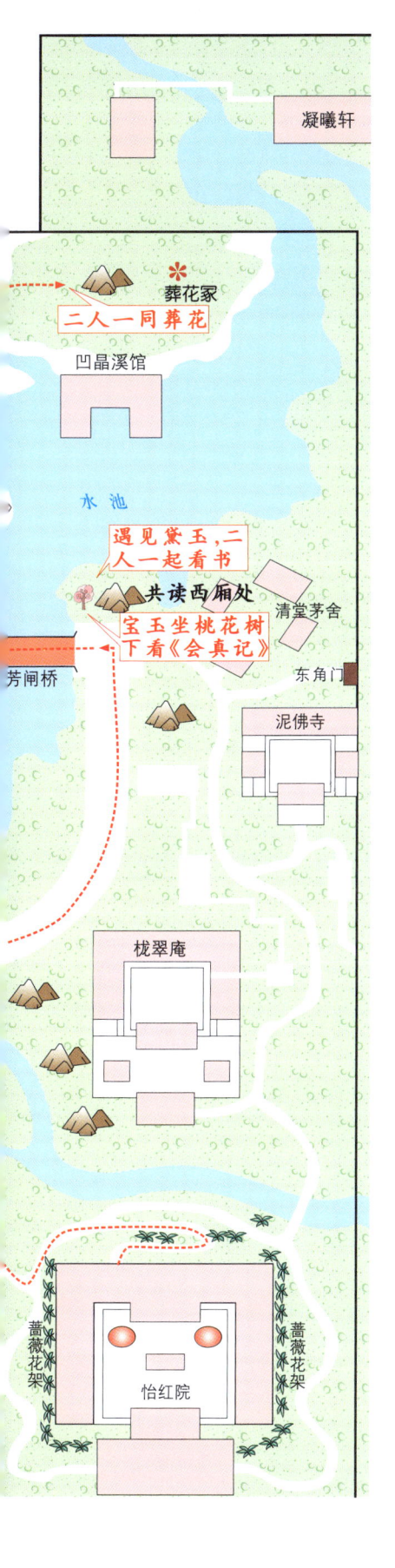

宝玉走后，黛玉独自回房，刚走到梨香院墙角时，听到院里有人在唱《牡丹亭》。黛玉听了几句，只觉得那戏文凄美动人，就坐在石头上倾听。一边听，一边想起那些凄美的诗句，越想越伤感，眼中落下泪来。

经典名句　良辰美景奈何天，赏心乐事谁家院。流水落花春去也，天上人间。

经典原文　黛玉道："撂（liào）①在水里不好。你看这里的水干净，只一流出去，有人家的地方脏的臭的混倒，仍旧把花遭塌②了。那畸角③上我有一个花冢④，如今把它扫了，装在这绢袋里，拿土埋上，日久不过随土化了，岂不干净？"

注释：①撂：放。②遭塌：同"糟蹋"，这里是侮辱的意思。③畸角：角落；边僻处。④花冢：掩埋落花的土堆。

课外试题

宝玉和黛玉一起读《西厢记》，黛玉为什么越来越爱看？

答案：因为《西厢记》的故事很多方面与自己有相似之处。

地图标注：
- 凝曦轩
- 葬花冢　二人一同葬花
- 凹晶溪馆
- 水池
- 遇见黛玉，二人一起看书
- 共读西厢处
- 宝玉坐桃花树下看《会真记》
- 清堂茅舍
- 芳闸桥
- 东角门
- 泥佛寺
- 栊翠庵
- 蔷薇花架
- 怡红院
- 蔷薇花架

113

第二十四回
醉金刚
仗义疏财

人物	性格	身份
卜世仁	世故圆滑、冷漠吝啬	贾芸的舅舅

点题

贾芸求贾琏安排差事,但凤姐已经把差事交给贾芹。贾芸无法,只好去舅舅的香料铺去赊(shē)几两香料,却被舅舅拒绝了,幸好醉金刚倪(ní)二借钱给他,才从凤姐那谋到差事。

　　黛玉正伤感之时,突然有人从背后拍了一下,说道:"你一个人在这里干嘛?"黛玉吓了一跳,回头看却是香菱。黛玉道:"你这个傻丫头,吓我一跳,这会来这干嘛?"香菱笑嘻嘻道:"我来找我们姑娘,你们紫鹃也找你呢,说琏二奶奶送茶叶来了"一边说,一边拉着黛玉的手,回潇湘馆来了。果然凤姐派人送了两小瓶上等新茶叶来。黛玉和香菱两人坐着聊了会,香菱便回去了。

　　宝玉跟着袭人回屋,换了衣服就去见贾母。见过贾母,宝玉刚要去探贾赦的病,就见到刚请安回来的贾琏。两人说了几句话,就碰到了在后廊住的五嫂子的儿子贾芸。宝玉开玩笑说,要认贾芸做儿子。贾琏笑他不害臊,人家比他大呢。贾芸却笑着说"那可是我的造化"。宝玉走后,贾琏告诉贾芸之前想派他的差事被凤姐指派给贾芹了。

贾芸只得跟贾琏告别，一路走，一路想办法，竟然想出个主意来，直接去了他舅舅卜世仁的香料铺，求他舅舅赊给自己几两冰片、麝香。卜世仁听了，急忙找借口拒绝，还指责贾芸只会胡闹，不会干正事。贾芸听了，只得起身告辞。卜世仁要留饭，他娘子却说道："这里买半斤面给你下面，留下外甥挨饿不成。"

卜世仁夫妻俩还在说话，贾芸早就走得无影无踪了。那贾芸赌气离开了舅舅家，边走边低头想办法，不想一头撞到了一个醉汉身上。那醉汉叫倪二，是贾芸的邻居，专门干放高利贷的活儿。倪二被撞，气得刚想打人，见是贾芸，忙笑道："原来是贾二爷，我该死，你这是要去哪儿？"

贾芸便将卜世仁不愿赊香料给他一事告诉倪二。倪二听了大怒，说道："要不是你舅舅，我便骂出不好的话来。你不用发愁，我这里有几两银子，你想买什么，只管买去。"一边说，一边把十五两银子掏出来。

这倪二虽然是一个泼皮，却颇有侠义之名。贾芸怕不拿他银子，他会生气，就笑着接过银子，一边向他道谢，一边说回家就写借条给他。倪二却摆摆手说："不用。"

次日一早，贾芸就去大香铺买了冰片和麝香给凤姐送去。刚到贾琏院门，就看见众丫鬟媳妇拥着凤姐出来了。贾芸忙恭恭敬敬地抢上前请安。凤姐连正眼都不瞧，仍往前走，口里只问他母亲好："怎么不来我们这里逛逛？"贾芸说道："母亲正想来瞧，不想身子不好，昨天提起婶子，说婶子事情多，竟料理得周周全全。"凤姐听了满脸笑容，停下脚步问道："好好的，你们为什么提起我？"贾芸道："有个朋友送了我些冰片、麝香，我想婶子平常也要买，就拿来孝顺婶子。"一边说，一边将锦匣举起来。凤姐正要买香料，听到贾芸这番话，非常欢喜，命丰儿将锦匣收了。凤姐又和贾

芸说了几句闲话,就到贾母那里去了。

因昨日见了宝玉,宝玉让他到外书房等着,贾芸吃完饭便去绮霰(qǐ xiàn)斋书房见宝玉。贾芸过来后看见宝玉的小厮,便问宝玉是否回来了,小厮说帮他去看看。过了一会儿,贾芸便见小厮带着宝玉屋里的一个丫鬟小红过来了。贾芸托小红给宝玉带一句话,说明天有事再来找他。

次日一早,贾芸刚到大门,就见凤姐坐在车上,隔着窗子对他笑道:"芸儿,难怪你要送我东西,原来有事求我。那园子里正要种树种花,你中午来找我。"贾芸听了,喜不自禁。他先去绮霰斋打听宝玉,谁知宝玉一早去了北静王府。贾芸等到中午,不见宝玉回来,便去找凤姐要了对牌领了银子。次日一早,贾芸先找倪二还了钱,之后又找花匠买树去了。

宝玉那日见了贾芸,曾说明日让他进来说话,谁知转头就将说过的话忘了。这日晚上,宝玉从北静王府里回来,屋里的丫鬟都不在,偏偏宝玉要喝茶,一连叫了两三声,都不见一个丫头,只得自己下来倒茶。这时宝玉听背后有人说道:"二爷等我倒吧。"一边说,一边走上来倒茶。宝玉吓了一跳,问她哪里来的?那丫头道:"我在后院里,才从后门进来的。"宝玉便笑问道:"你也是我屋里的人?"那丫头笑应道:"是。"那丫头又道:"昨日有个什么芸儿来找二爷,今日又来了,不想二爷往北府里去了。"

原来这丫头名叫小红。这小红本姓林,小名红玉,因"玉"字犯了宝玉、黛玉的名,便改唤她做"小红"。

经典名句

摇车里的爷爷，拄拐的孙孙。

巧媳妇做不出没米的粥来。

趔（liè）趔趄（qiè）趄，泼泼撒撒。

经典原文

贾芸笑道："舅舅说的倒干净。我父亲没的时候，我年纪又小，不知事①。后来听见我母亲说，都还亏舅舅们在我们家出主意，料理的丧事。难道舅舅就不知道还有一亩田、两间房呢？是我不成器②花了不成？巧媳妇做不出没米的粥来，叫我怎么样呢？还亏是我呢，要是别个，死皮赖脸③的三日两头儿来缠着舅舅要三升米、二升豆子的，舅舅也就没有法儿呢。"卜世仁道："我的儿，舅舅要有，还不是该的。我天天和你舅母说，只愁你没算计儿。你但凡立的起来，到你大房里，就是他们爷儿们见不着，便下个气，和他们的管家或者管事的人们嬉和嬉和，也弄个事儿管管。前日我出城去，撞见了你们三房里的老四，骑着大叫驴，带着五辆车，有四五十和尚道士，往家庙去了。他那不亏能干，这事就到他了！"贾芸听他韶刀的不堪，便起身告辞。

注释：①知事：懂事，通晓事理。②成器：比喻成为有用的人。③死皮赖脸：形容人厚着脸皮，纠缠不休。

课外试题

卜世仁作为舅舅，为什么贾芸想赊几两香料都拒绝？倪二作为专门放高利贷的破落户，又为什么肯借钱给贾芸，还不要利息呢？

答案：因为卜世仁爱财，重视利益，连亲弟弟的儿子都不愿意帮助；而倪二虽然是赌钱吃酒的破落户，却也有自己的英雄气概。

第二十五回

宝玉凤姐
被人暗算

人物	马道婆
性格	见利忘义、贪得无厌、心肠恶毒
身份	贾宝玉寄名的干娘
结局	作恶多端,事发后被官府斩首

点题

赵姨娘妒恨凤姐和宝玉得宠,就请马道婆作法害凤姐和宝玉。这天,众人正聚在宝玉房间,宝玉和凤姐突然发起疯来,三天后开始不省人事,幸好一僧一道赶来救治,两人才幸免于难。

这天，宝玉寄名的干娘马道婆来给贾母请安，并哄骗贾母给她灯油钱点长明灯。马道婆辞别贾母后，又到各处请安。马道婆到赵姨娘房间时，见赵姨娘正用碎绸缎粘鞋面，就跟她要了几块。赵姨娘便让她随便拿两块，并抱怨她日子不好过，如果宝玉和凤姐死了，贾家的财产就是她的了。

马道婆说她有办法帮赵姨娘，只要赵姨娘舍得拿出五百两银子给她。赵姨娘听了大喜，忙写了五百两的欠条，并拿出自己的私房钱，一并交给马道婆。马道婆都收下了，拿出两张纸人给赵姨娘，并交代她如何使用，便走了。

这天，黛玉到怡红院去看宝玉，刚巧宝钗、李纨（wán）和凤姐都在怡红院，见了她都笑道："又来了一个。"大家说了会儿笑。凤姐说道：

马道婆暗中做法后，宝玉在屋中突然发病，凤姐也神志不清，在园子中拿着刀乱砍。

"我昨天送你的茶还好吗？"黛玉说还好。凤姐就取笑她："既喝我们家的茶，还不给我们家做媳妇。"说得众人都笑了。

黛玉红了脸，转身就走，宝钗却笑着把她拉回来，凤姐又把她推到宝玉身边。宝玉拉着黛玉只是笑。突然，宝玉"哎哟"一声，说"好头疼"，接着就乱叫乱跳起来，大家都吓呆了。王夫人和贾母知道后赶来，只见宝玉已经开始拿刀弄杖，寻死觅活的了。王夫人和贾母都吓得大哭起来。

不久，贾家大大小小的人都来了，园里乱成一团。突然看见凤姐拿着一把大刀砍进了园子，见鸡杀鸡，见狗杀狗，见人还要杀人。几个力气大的媳妇忙抱住凤姐，夺下刀，抬回房去。

众人请医问卜，宝玉和凤姐的病却总不见好转。三日后，凤姐和宝玉已经不省人事，躺在床上，全身滚烫，都快没气了。贾母等正围着宝玉哭，赵姨娘假意来劝，被贾母骂了一顿。这时突然有人来报说："两副棺材已经做好了。"

贾母听了，气得叫人把做棺材的拉出去打死。正闹得天翻地覆，突然一个癞头和尚和一个跛足道士进来，说他们可以治好宝玉，并让贾政把宝玉身上的那块玉拿下来，交给他们。贾政依言将宝玉项上的玉取下来递给他二人。和尚把玉托在手上，念了几句偈语，又说了一些疯话，交代贾政几句，就和道士飘然离去了。

贾政按照和尚说的，把凤姐和宝玉安放在王夫人的卧室，并把通灵宝玉挂在门上。果然，几天后凤姐和宝玉就渐渐好起来了。黛玉听了，先念了一声"阿弥陀佛"。宝钗听了，忍不住笑出声来。惜春问："宝姐姐，你笑什么？"宝钗笑道："我笑如来佛比人还忙，又要讲经说法，又要普度众生，还要管林姑娘的姻缘。"黛玉听了，羞红了脸，假装生气走了。

经典名句

狗咬吕洞宾，不识好人心。

几番几次我都不理论，你们得了意了，越发上来了！

鼻如悬胆两眉长，目似明星蓄宝光。

相逢若问家何处，却在蓬莱弱水西。

经典原文

林黛玉听了笑道："你们听听，这是吃了他们家一点子茶叶，就来使唤人了。"凤姐笑道："倒求你，你倒说这些闲话，吃茶吃水的。你既吃了我们家的茶，怎么还不给我们家作媳妇？"众人听了一齐都笑起来。林黛玉红了脸，一声儿不言语，便回过头去了。李宫裁笑向宝钗道："真真我们二婶子的诙谐是好的。"林黛玉道："什么诙（huī）谐（xié）①，不过是贫嘴贱舌讨人厌恶罢了。"说着便啐（cuì）②了一口。凤姐笑道："你别作梦！你给我们家作了媳妇，少什么？"指宝玉道："你瞧瞧，人物儿，门第配不上，根基配不上，家私配不上？那一点还玷（diàn）辱③了谁呢？"

注释：①诙谐：形容说话风趣，逗人发笑。②啐：相当于"呸"，表示唾弃。③玷辱：使蒙受耻辱。

课外试题

赵姨娘为什么要害宝玉和凤姐，她成功了吗？为什么？

答案：因为她嫉妒凤姐，不懂得她们已经有自己的地位和地位。她没有成功，因为一个小丫头们一跟丫头并没有带给宝玉和凤姐的威胁。

第二十六回
潇湘馆
春困发幽情

人物 林黛玉

性格 自尊自爱、多愁善感、敏感细心

别名 颦(pín)儿、潇湘妃子、林姑娘、林妹妹

仙界身份 绛珠仙草(子)

点○题

宝玉去看黛玉，用《西厢记》中的句子调笑黛玉，把黛玉气哭了，宝玉想劝解，却被袭人叫走了。晚上，黛玉去看宝玉，结果被关在门外。黛玉误以为宝玉恼她故意不开门，又气哭了。

　　近日宝玉生病，贾芸昼夜守在怡红院里，小红同众丫鬟也在这里守着宝玉。小红见贾芸手里拿着一块绢子，像是自己之前掉的，又不好问。不料和尚道士来过之后，贾芸又回去种树了，已经没有机会去问了。

　　小红正想着如何处理这件事，突然见到本院的小丫头佳蕙来找她，二人便聊了会天。这时又有个小丫头进来对小红说绮大姐姐让她描两个花样子。小红想起自己的笔借给了莺儿，便出了怡红院，一径往宝钗院内来。小红刚至沁芳亭畔，只见宝玉的奶娘李嬷嬷从那边来，说宝玉找什么"云哥儿"、"雨哥儿"，说着就拄着拐走了。

　　小红听说，便站着出神。不多时，一个小丫头跑来，见小红站在那里，便问小红在这做什么？小红抬头见是小丫头坠儿，便问道："哪里去？"坠儿道："叫我带进芸二爷来。"说着，一径跑了。小红继续往前走，

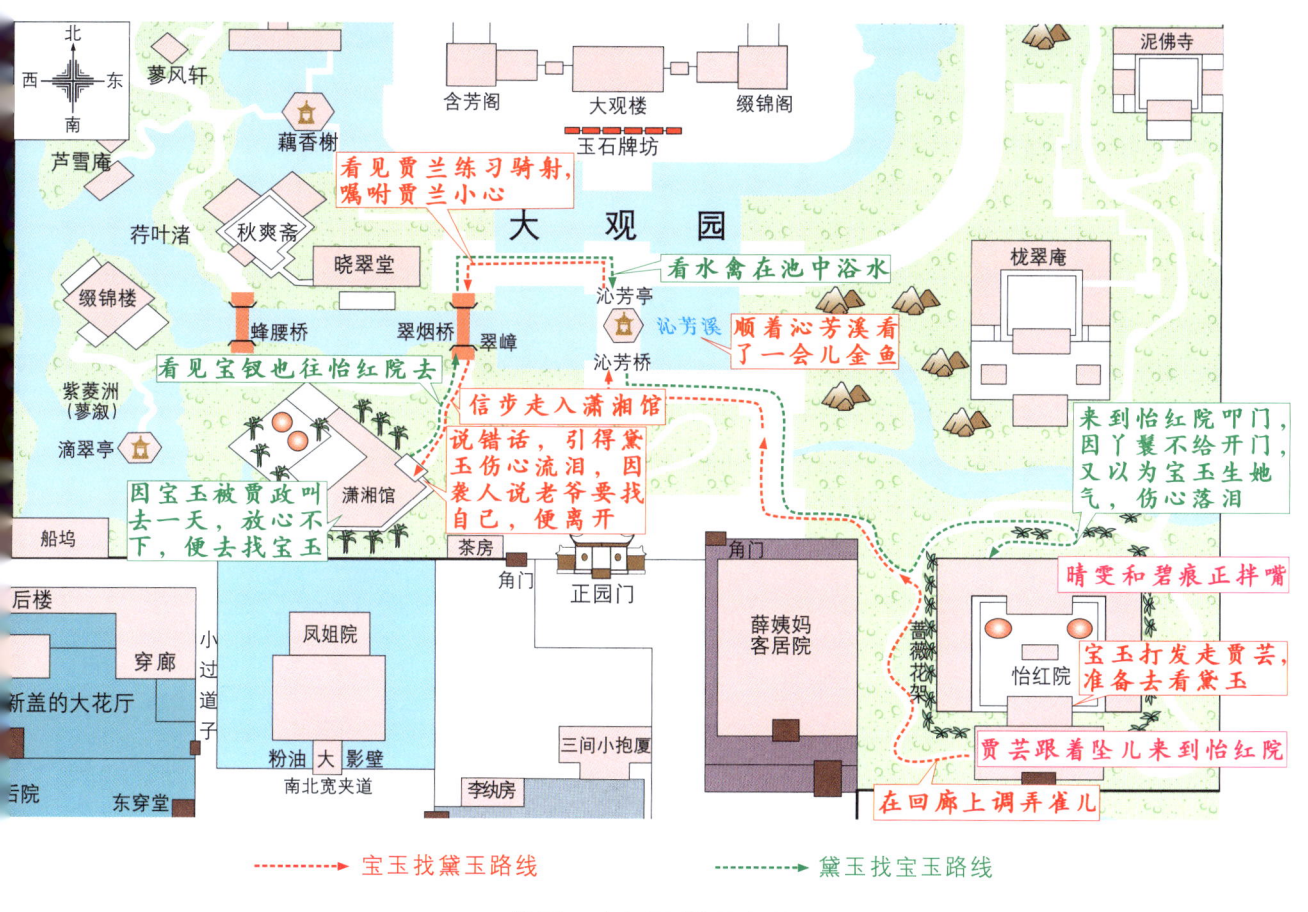

黛玉、宝玉互找示意图

刚走至蜂腰桥门前，只看坠儿引着贾芸来了。贾芸和小红四目相对，小红不觉把脸一红，一扭身往蘅芜院去了。

贾芸来到怡红院，同宝玉说了一会儿闲话，宝玉就叫小丫头坠儿送他出去。出了怡红院，贾芸见四下无人，便口里一长一短地和坠儿说话。说了几句，贾芸便知道自己进来种树时，捡到的手帕是宝玉的丫鬟小红的，于是托坠儿将手巾带回去交给小红。

宝玉打发了贾芸，便去潇湘馆看黛玉。宝玉晃出了房门，在回廊上调弄了一会儿雀儿，出至院外，顺着沁芳溪，看了一会儿金鱼。只见小山坡上有两只小鹿飞似的逃跑。贾兰拿着一把小弓追过来，看见宝玉急忙停下问好。宝玉问他做什么，贾兰说他正在练习骑射。宝玉便叫他小心，不要摔倒了。

123

宝玉边说边走，顺着脚径直来到一个院门前，正是潇湘馆。宝玉信步走入，只见院内静悄悄的，走到窗前，就闻到一股幽香从空格透出来，往里看时，突然听到细细的长叹声"每日家情思睡昏昏"，再看时，只见黛玉正在伸懒腰。

　　宝玉在窗外笑道："为什么每日家情思睡昏昏？"边说边掀帘进去。黛玉自觉忘了情，羞红了脸，拿袖子遮住脸，翻身向里装睡。宝玉进来刚要板她的身体，黛玉的奶娘和两个婆子就跟进来说："妹妹睡觉呢，等醒了再请来。"刚说着，黛玉便翻身坐起来，笑道："谁睡觉呢？"那些婆子见黛玉起来了，便叫紫鹃进来伺候，然后退下了。

　　宝玉步入潇湘馆，院内静谧（mì），听见黛玉吟诗，便在窗外笑着询问，随后走进去。

紫鹃进来倒茶，宝玉笑道："好丫头，若共你多情小姐同鸳（yuān）帐，怎舍得叫你叠被铺床？"黛玉见宝玉拿《西厢记》里的话调笑她，顿时生气了，说宝玉看了混账书来打趣她，话没说完就哭了。宝玉刚想劝解，只见袭人进来说："快回去换衣服，老爷叫你呢。"说着就把宝玉拉走了。宝玉听了，顾不得别的，连忙回去换衣服。谁知，宝玉刚出园门，便遇到了薛蟠。原来不是贾政叫宝玉，而是薛蟠假借贾政的名义叫宝玉出去喝酒。

晚上，袭人见宝玉醉醺醺地回来，就问他怎么喝酒了。宝玉一五一十地跟她说了。袭人便怪他不派人回来给她送信。正说着，只见宝钗进来了，宝玉忙请宝钗喝茶。

黛玉见宝玉被贾政叫去了一天，还没回来，心里放心不下，便到怡红院去找他。黛玉一步步行来，见宝钗进宝玉的园内去了，自己也随后走了来。黛玉刚到了沁芳桥，只见各色水禽尽在池中浴水，好看异常，便站住看了一会。再往怡红院来，门已关了，黛玉便叩门。谁知晴雯和碧痕正拌着嘴，见宝钗来了，就把气移到宝钗身上。忽听又有人叫门，晴雯更加生气，也不管是谁，就说："都睡下了，明儿再来吧！"

黛玉以为丫鬟没听出她的声音，又高声说："是我，还不开门吗？"晴雯偏生没听出来，说道："管你是谁，二爷吩咐的，一概不许放人进来。"黛玉听了，不由得气怔了，想到自己寄人篱下，连丫鬟都敢欺负她。接着，黛玉又想起今天早上的事，以为宝玉因今天的事生她的气。黛玉想着想着，忍不住哭了起来。

林黛玉正伤心，突然看见宝玉、袭人送宝钗出来，黛玉忙闪到一旁。宝玉等进去关了门后，黛玉才走出来。回房后，黛玉一直哭到了三更天才到床上休息。

经典名句

千里搭长棚，没有个不散的筵席。

每日家情思睡昏昏。

花魂默默无情绪，鸟梦痴痴何处惊。

经典原文

说着，顺着脚一径来至一个院门前，只见凤尾森森，龙吟细细。举目望门上一看，只见匾（biǎn）上写着"潇湘馆"三字。宝玉信步走入，只见湘帘垂地，悄无人声。走至窗前，觉得一缕幽香从碧纱窗中暗暗透出。宝玉便将脸贴在纱窗上，往里看时，耳内忽听得细细的长叹了一声道："'每日家情思睡昏昏①。'"宝玉听了，不觉心内痒将起来，再看时，只见黛玉在床上伸懒腰。宝玉在窗外笑道："为甚么'每日家情思睡昏昏'？"一面说，一面掀帘子进来了。林黛玉自觉忘情②，不觉红了脸，拿袖子遮了脸，翻身向里装睡着了。宝玉才走上来要搬他的身子，只见黛玉的奶娘并两个婆子却跟了进来说："妹妹睡觉呢，等醒了再请来。"刚说着，黛玉便翻身坐了起来，笑道："谁睡觉呢。"那两三个婆子见黛玉起来，便笑道："我们只当姑娘睡着了。"说着，便叫紫鹃说："姑娘醒了，进来伺侯。"一面说，一面都去了。

注释：①每日家情思睡昏昏：《西厢记》杂剧的唱词。描写崔莺莺思念张生的烦闷心绪。
②忘情：纵情，感情失去节制。

课外试题

晴雯为什么不给黛玉开门？

答案：晴雯正为宝钗的到来生气，当时她正在院子里，当黛玉来敲门时，没有听清楚来人的声音，就没有给她开门。

第二十七回

泣残红
黛玉葬花

人物	姓名	性格	身份
小红	林红玉	聪明伶俐、机智果敢、慕强好胜	贾府主管林之孝的女儿，宝玉的丫鬟

点题

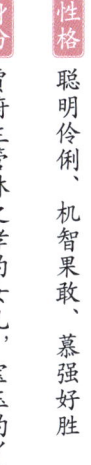

林黛玉因晴雯不开门之事误会宝玉，于是不愿再理他。这天正是祭花神的日子，黛玉埋落花时，想起自己的伤心事不由得哭了，边流泪边念《葬花吟》，不想被宝玉听到了。

次日是芒种节，众姐妹都到园里祭花神，独不见黛玉。迎春便说："怎么不见林妹妹？现在不会还在睡觉吧？"宝钗说道："你们等着，我去找她来。"说着，便撂（liào）下众人，一直往潇湘馆来。宝钗刚走近潇湘馆，忽然看见宝玉进去了。宝钗想到黛玉爱使小性子，这时跟宝玉进去，只怕黛玉多心，于是就回去找别的姐妹了。

宝钗正走着，突然看见前面一双玉色蝴蝶，上下飞舞，十分有趣。宝钗便从袖中取出扇子去扑来玩耍，只见那一双蝴蝶忽起忽落，似要过河而去，引得宝钗蹑手蹑脚地一路跟随，一直跟到池边滴翠亭。此时，宝钗已经香汗淋漓，刚想回去，突然听到亭子那边小红和坠儿正在说贾芸捡到小红手帕的事。小红还拿出一样东西，让坠儿交给贾芸，作为谢礼。

黛玉葬花示意图

　　男女之间私传物品，在当时是不符合礼仪的。宝钗无意中听到小红的丑事，生怕小红恼羞成怒，便假装说她来找黛玉，希望能遮掩过去。小红听了宝钗的话，便以为黛玉刚刚在这里偷听，正怕黛玉走漏风声，突然看见凤姐招手叫她去找平儿拿荷包。小红拿荷包回来，却不见凤姐，一打听才知道凤姐去了稻香村。小红就向稻香村走去，半路遇见了晴雯、绮霰（qǐ xiàn）、碧痕等一群人。晴雯一见小红，就指责她活儿还没干就在外头闲逛。小红便说活儿早就干完了，并说："二奶奶叫我取东西去。"晴雯听了，便嘲讽小红"爬上高枝去了"。

小红听了，不好辩解，只得忍着气去找凤姐。进了稻香村，小红就把平儿交代她要告诉凤姐的话，一字不漏地说了出来。凤姐见小红说话干净利落，记事齐全，就想把小红要过来给自己使唤。于是，凤姐问小红愿不愿意去她那儿做事。小红笑道："愿意不愿意，我们不敢说。只是跟着奶奶，我们也学些眉眼高低，大小的事也得见识见识。"正说着，因王夫人派人请过去，凤姐便去了。

　　黛玉昨天夜里失眠，今天起床晚了。她听说众姐妹在园中玩，刚想出去，就见宝玉进来，笑着跟她说话。黛玉却不理他，只回头给紫鹃安排了事务，说完就走了。宝玉见她这样，心中纳闷，不知道自己哪里得罪了她。

　　宝钗、探春正在看仙鹤跳舞，见黛玉来了，三人一起站着说话。不久又见宝玉来了。探春和宝玉相互问好后，探春就说她攒了一些钱，想请宝玉出门时帮她买些稀罕的玩意儿，随后两人又说了一些家庭琐事。

　　宝钗过来说话时，宝玉发现黛玉不见了，就知道她躲到别处去了。宝玉低下头，看到满地落花，等宝钗等人离开后，他就将落花装在袋子里，向那天跟黛玉一起埋桃花的地方走去。还没转到山坡，宝玉就听到黛玉在山坡那边一边哭一边念《葬花吟》诗，哭得非常伤心。宝玉听了，不由得伤心起来。

经典名句

一年三百六十日，风刀霜剑严相逼。
明媚鲜妍能几时，一朝飘泊难寻觅。
质本洁来还洁去，强于污淖（nào）陷渠沟。

经典原文

　　忽见面前一双玉色蝴蝶，大如团扇①，一上一下的迎风翩跹（piān xiān）②，十分有趣。宝钗意欲扑了来玩耍，遂向袖中取出扇子来，向草地下来扑。只见那一双蝴蝶忽起忽落，来来往往，

129

穿花度柳③,将欲过河。倒引得宝钗蹑(niè)手蹑脚④的,一直跟到池中的滴翠亭,香汗淋漓,娇喘细细,宝钗也无心扑了。刚欲回来,只听亭子里边唧(qī)唧喳喳有人说话。原来这亭子四面俱是游廊曲桥,盖造在池中,周围都是雕镂隔子糊着纸。

注释: ①团扇:一种圆形有柄的扇子。②翩跹:轻快地跳舞。③穿花度柳:穿过花丛、飞过杨柳。④蹑手蹑脚:放轻脚步走的样子。

宝钗、黛玉与探春三人围聚,共赏鹤舞之姿,边赏边聊。宝玉来后,探春携宝玉至一旁私语,后黛玉先行离去,独自在葬花的山坡哭泣。

课外试题

宝钗无意中听到坠儿和小红的谈话，怕被两人发现，就假装她是来找黛玉的。宝钗这样做是不是想陷害黛玉？为什么？

答案：不是，宝钗只是急中生智罢了，她的性格不会让她故意去陷害他人，这只是她在慌急情况下的本能反应。

第二十八回

宝玉黛玉消除误会

人物	性格	别名	身份
薛蟠	骄纵蛮横、粗俗呆傻、孝顺大方	薛大傻子、呆霸王、薛文龙	薛姨妈的儿子,薛宝钗的哥哥

点题

黛玉葬花遇见宝玉,想躲开,宝玉将她拦住,并向她倾诉衷肠,两人误会消除。宝玉赴宴,结识蒋玉菡(hàn),两人互赠礼物,宝玉误把袭人的汗巾子送给蒋玉菡。

宝玉听黛玉念《葬花吟》,感同身受,不由得哭出声来。黛玉听到哭声,抬头一看是宝玉,刚想骂他,又把口掩住,转身就走。

宝玉急忙将黛玉拦住,并问黛玉为什么不理他,又说他和黛玉从小一起长大,在自己心中黛玉是自己最亲的人,谁知黛玉长大后,却没把他当亲人,对他爱搭不理的,让他的委屈无处诉说。说着不由得流下泪,黛玉见了,也滴下泪来,低头不语。

宝玉又说道:"我不好,你打我骂我都行,就是不要不理我,让我摸不着头脑。"黛玉听了,便问道:"你既然这么说,昨晚为什么我去了,你不叫丫头开门?"宝玉忙说道:"我实在没见你去,就是宝姐姐坐了一坐,就出来了。"黛玉想了想,笑道:"想来应该是你的丫鬟懒得动,乱找理由。"宝玉见黛玉笑了,也开心地笑了。

宝玉和黛玉误会消除,见丫头来请吃饭,便一起去王夫人处吃饭。王夫

王夫人询问黛玉用药，宝玉说自己有一奇方，王夫人以为他又在瞎说，黛玉和宝钗坐在后面笑他。

人见了黛玉，就问她吃鲍（bào）太医的药有没有好点儿。黛玉说还是那样。宝玉开玩笑说，只要太太给他三百六十两银子配药，他肯定能治好黛玉的病。王夫人不信，宝玉使眼色让宝钗替他圆谎，宝钗却笑着摇手。黛玉在宝钗身后，抿着嘴笑，用手指在脸上比划着羞宝玉。

吃完饭，因冯紫英有请，宝玉便去冯紫英家赴宴了。宴席上，大家行酒令，唱小曲。轮到薛蟠行酒令时，薛蟠不会行酒令，急得眼睛铃铛一般，瞪了半日，才说道："女儿悲……"又咳嗽了两声，说道："女儿悲，嫁了个男人是乌龟。"众人听了，都大笑起来。

好不容易等薛蟠行完酒令，众人马上让他唱个曲儿，薛蟠便唱："一个蚊子哼哼哼。"众人呆住了，说道："这是个什么曲儿？"薛蟠还唱道："两个苍蝇嗡嗡嗡。"众人忙叫他停下。

接下来，就轮到蒋玉菡行酒令了。这蒋玉菡虽然是演小旦的戏子，却颇有才学。他唱完小曲后，便以诗句"花气袭人知骤暖"完令。众人都认为他行的酒令可以通过。薛蟠又跳了起来，说蒋玉菡应该罚酒，因为他的诗句里有宝玉的丫鬟袭人的名字。蒋玉菡听了，知道自己无意中唐突了宝玉的丫鬟，忙起身向宝玉现赔罪。

宝玉出席解手时，蒋玉菡便跟了出来。宝玉和蒋玉菡都听说过彼此的大名，早就想结为好友。于是，蒋玉菡将北静王所赠的茜香罗汗巾子作为见面礼赠送宝玉，宝玉则回赠了自己的汗巾子。散席后，宝玉回到园中，才发现送给蒋玉涵的那条汗巾子是袭人的。因怕袭人生气，宝玉就趁袭人睡着时，将茜香罗汗巾子系在她的腰上。

端午节将近，元妃赏赐众人礼物，只有宝玉和宝钗的相同。黛玉不高兴，宝玉忙发誓说，除了黛玉他心中再无其他人。谁知，宝玉到贾母房中，一见到宝钗洁白如玉的手臂，就看呆了。黛玉看见了便笑他是呆雁，还拿手帕打他的脸。

经典名句

既有今日，何必当初！

不知者不作罪。

无功受禄，何以克当！

经典原文

宝玉进来，只见地下一个丫头吹熨斗，炕上两个丫头打粉线，黛玉弯着腰，拿着剪子裁什么呢。宝玉走进来笑道："哦，这是做什么呢？才吃了饭，这么空着头①，一会子又头疼了。"黛玉并不理，只管裁她的。有一个丫头说道："这块绸子角儿还不好呢，再熨它一熨。"黛玉便把剪子一撂②，说道："理它呢，过一会子就好了。"宝玉听了，只是纳闷③。

注释：①空着头：俯身低头。②撂：放；搁。③纳闷：因感到疑惑而发闷。

课外试题

宝玉和王夫人说了什么，黛玉要画脸羞他？这表明黛玉是个什么样的人？

答案

宝玉和王夫人聊天时，一定提到打算娶黛玉的事，黛玉无意中听到了王夫人的话，黛玉是个心思细腻，情感丰富的姑娘。

宝玉和黛玉拌嘴，说到金配玉的事，贾宝玉急得直接摔玉表真心。

第二十九回

宝玉砸玉表真心

人物	张道士
性格	谦恭低调，善于逢迎讨好
别名	张真人、老神仙
身份	清虚观观主、贾代善的替身、道录司的正堂

点题

五月初二，宝玉去看黛玉，两人因张道士提亲一事闹别扭，宝玉为表真心，便用力摔通灵宝玉，没摔坏，又去找东西来砸。两人闹得不可开交，幸好贾母和王夫人来把宝玉带走了，才平息了这场风波。

　　五月初一这天，贾府众人一同前往清虚观替元春打平安醮（jiào）（一种祭祀仪式，祈求神灵保佑地方平安、消灾解难、风调雨顺等）。刚到大门，清虚观观主张道士早就带领众弟子在旁边迎接。凤姐下轿后，就去搀扶贾母，不想被一个小道士撞了一下。凤姐扬手就是一个耳光，打得小道士差点儿摔倒。众人见了，都纷纷叫嚷着将小道士抓起来打一顿。

　　贾母忙叫众人不要为难小道士，并让贾珍给他一点钱压压惊。张道士前来拜见贾母，见了宝玉，便说宝玉越来越像荣国公了，还想替宝玉提亲。贾母听了，便以宝玉不宜早娶为由推辞了。张道士又想看通灵宝玉，贾母便让宝玉解下来递给他。

　　看戏时，张道士来还玉，还送一盘金银法器给宝玉。贾母见里面有个金麒麟，笑道："好像我见过哪家孩子也带着这东西。"宝钗便说湘云有一个，只是比这个小点。宝玉听见湘云也有金麒麟，就将盘中的金麒麟放进袖子里。黛玉见了，就看着他点头，宝玉不好意思了，就说他是给黛玉留下的。黛玉却说她不稀罕。

宝玉刚要说话，因接二连三地有人来给贾母送礼，便住口不说了。贾母见自己来打平安醮竟然惊动这么多王公大臣，心中过意不去，下午便回府了。第二天，宝玉因张道士提亲一事，不想再去清虚观了；黛玉昨天又中暑，去不了，于是贾母也不去了。

宝玉见黛玉病了，便时不时地跑来看她。天气这么热，黛玉怕宝玉这么来回跑会中暑，便叫他去清虚观看戏。宝玉却以为，黛玉拿昨天张道士提亲的事来奚（xī）落自己，便生气地说："我白认你了。"黛玉听了，冷笑道："我也知道你白认了我，我哪里像人家，有什么金的配得上呢！"

宝玉又见她提起金玉之事，更加生气，为表真心，便赌气解下通灵宝玉，奋力一摔说道："什么捞什子，我砸了你完事！"宝玉见通灵宝玉没被摔坏，就去找东西来砸。黛玉见他这样，哭了起来。紫鹃、雪雁等都忙来劝解，后来见宝玉死命砸玉，忙上来夺，又夺不过来。不久，袭人也赶来了，才从宝玉手中把玉夺了下来。

袭人见他脸都气黄了，忙劝宝玉："就算生气，也不应该砸玉，万一砸坏了，让林姑娘脸上怎么过去呢？"黛玉听了，觉得宝玉不如袭人能体谅自己，更加伤心，哭得连刚吃的药都吐出来了。紫鹃忙来劝解，让黛玉保重身体，免得宝玉过意不去。宝玉听了，也觉得黛玉不如紫鹃明白自己的心，也哭了。幸好，这时贾母和王夫人赶来，训了袭人和紫鹃一顿后，将宝玉带走，才平息了这场风波。

138

初三是薛蟠生日，家里摆酒唱戏，并命人来请贾府诸人。宝玉因得罪了黛玉，无心看戏，就推病不去。黛玉知道了十分后悔。贾母见他两个还在生气，急得直抱怨，说他两个"不是冤家不聚头"。袭人也劝宝玉去跟黛玉道歉。

经典名句

两假相逢，终有一真。
俗语说的，"不是冤家不聚头"。

经典原文

过了一日，至初三日，乃是薛蟠生日，家里摆酒唱戏，来请贾府诸人。宝玉因得罪①了林黛玉，二人总未见面，心中正自后悔，无精打采②的，哪里还有心肠③去看戏，因而推病不去。黛玉不过前日中了些暑溽（rù）④之气，本无甚大病，听见他不去，心里想道："他是好吃酒看戏的，今日反不去往他家，自然是因为昨儿气着了。再不然，他见我不去，他也没心肠去。只是昨儿千不该万不该剪了那玉上的穗子。管定他再不带了，还得我穿了他才带。"因而心中十分后悔。

注释：①得罪：招人不快或怀恨；冒犯。②无精打采：精神萎靡不振的样子。③心肠：心情。④暑溽：指夏季潮湿闷热。

课外试题

宝玉和黛玉为什么会闹别扭？宝玉为什么想把玉摔碎？

因为王夫人说薛宝钗的事情，宝玉和林黛玉因此发生争执，宝玉摔玉的原因是为了证明玉并非自己的真心。

第三十回

宝钗借机讽刺宝黛

人物	薛宝钗
性格	娴雅端庄，温柔敦厚，豁达大度
别名	蘅芜君，宝姐姐，宝姑娘
身份	宝玉的表姐，薛蟠的妹妹

点题

凤姐见宝玉和黛玉和好，就拉他们去见贾母，正好宝钗也在。宝玉用杨贵妃来比喻宝钗，宝钗大怒，见黛玉面有得意之色，就以"负荆（jīng）请罪"来讽刺二人。

宝玉回到怡红院，见蔷薇架下有一女孩画"蔷"字。后因下雨，叫门好一会没人开，气得直接误踢了前来开门的袭人。

这天，紫鹃正劝黛玉跟宝玉和好，宝玉就来了。黛玉见了宝玉，忍不住又哭了。宝玉进来笑道："妹妹身上好些了吗？"黛玉不说话，只擦眼泪。宝玉又笑道："我知道妹妹不生我气了。但是我不来，别人以为我们又吵架了，如果让别人来劝解，又显得我们生分了。"

黛玉听了，哭着说："你不用来骗我，从今以后，我也不敢亲近二爷了，二爷只当我回家了。"宝玉笑道："我跟你回家。"黛玉说道："我死了。"宝玉说道："你死了，我做和尚！"黛玉听了，生气地说道："又胡说了，你几个姐妹要是都死了，你有几个身子去做和尚？"

宝玉见黛玉生气了，后悔得流下泪来，刚想擦眼泪，又忘记带手帕。黛玉见了，就把一条手帕丢给他。宝玉忙接住，并用来擦了眼睛，又笑着拉黛玉的手，和她说话。突然，听见有人说："和好了。"宝玉和黛玉吓了一跳，回头看正是凤姐。原来，贾母不放心，叫凤姐来劝解。凤姐见二人和好，就拉着他们去见贾母，正巧宝钗也在。

宝玉回怡红院示意图

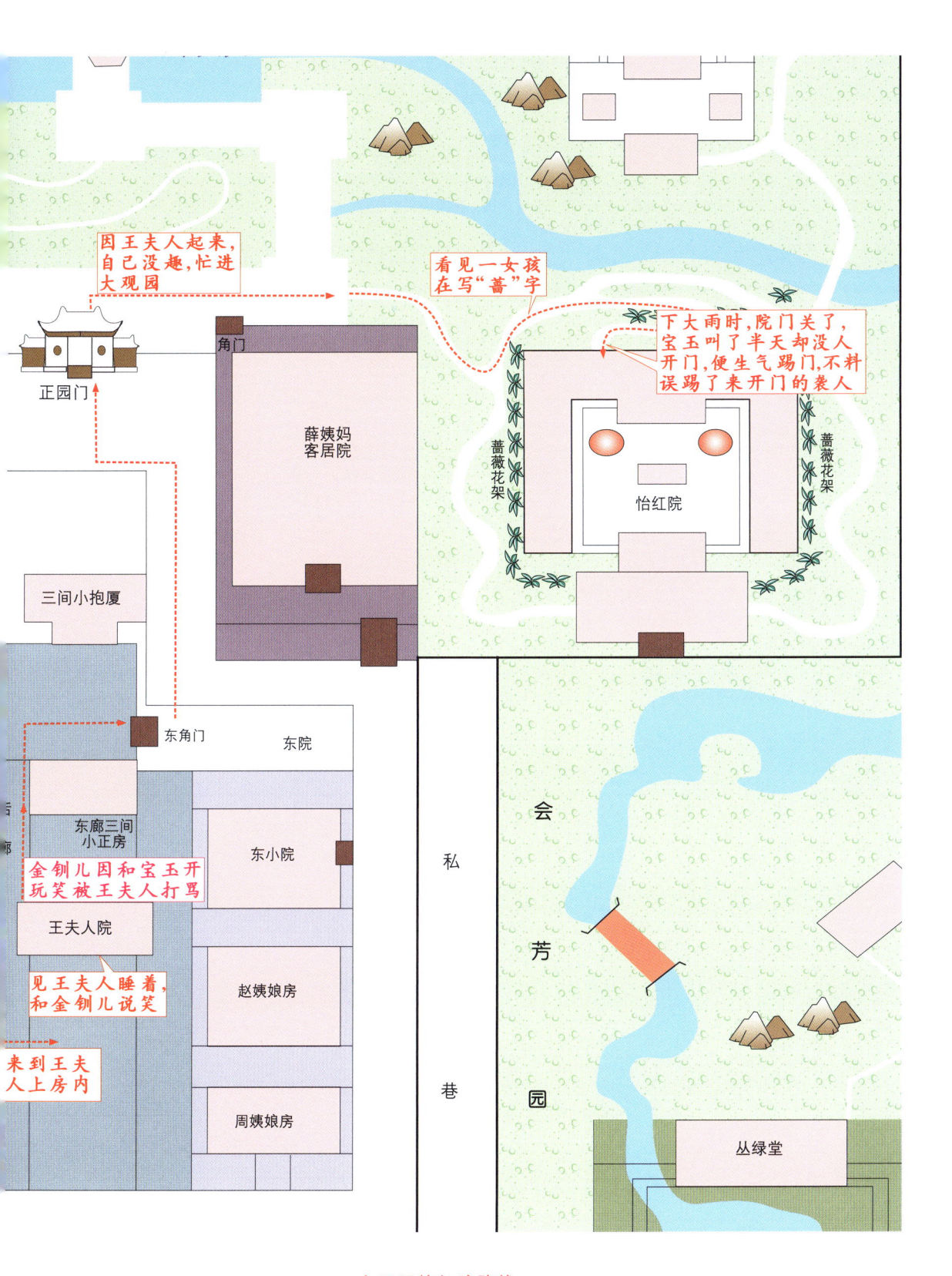

因王夫人起来，自己没趣，忙进大观园

看见一女孩在写"蔷"字

下大雨时，院门关了，宝玉叫了半天却没人开门，便生气踢门，不料误踢了来开门的袭人

正园门
角门
薛姨妈客居院
蔷薇花架
蔷薇花架
怡红院

三间小抱厦
东角门
东院
东廊三间小正房
东小院

金钏儿因和宝玉开玩笑被王夫人打骂

王夫人院
赵姨娘房

见王夫人睡着，和金钏儿说笑

周姨娘房

来到王夫人上房内

私巷
会芳园
丛绿堂

------> 宝玉回怡红院路线

143

宝玉问宝钗为什么不去看戏，宝钗说她怕热，听了几出戏就出来了。宝玉便说："难怪他们都说姐姐像杨贵妃，果然体丰怯（qiè）热。"宝钗听了，顿时大怒，正好丫鬟小靛（diàn）儿以为宝钗拿了她的扇子，来向宝钗要扇子。宝钗就指她道："我有跟你闹玩过吗？你应该去找平常跟你嬉皮笑脸的姑娘要去。"骂得小靛儿跑了。

宝钗怒气未消，又见黛玉面有得意之色地笑道："宝姐姐，看了几出戏？"宝钗心中明白黛玉为什么得意，就笑道："我看的是李逵（kuí）骂了宋江，后来又赔不是。"宝玉便笑道："姐姐通今博古，怎么连《负荆请罪》这出戏都不知道？"

宝钗笑道："你们才知道'负荆请罪'，我不知道什么是'负荆请罪'！"宝玉、黛玉听了，想到之前他俩吵架的事，脸都羞红了。凤姐明明知道怎么回事，却故意问道："你们吃生姜了，脸怎么火辣辣的？"宝玉和黛玉听了，更加不好意思。

一时宝钗、凤姐离开了，宝玉和黛玉说了几句，便也离开。宝玉从贾母屋里出来，走过穿堂，便是凤姐的院落。宝玉知道凤姐素日的规矩，每到天热，午间要歇一个时辰的，所以不便进去。于是，宝玉进角门，来到王夫人上房里，见王夫人在凉榻上睡着，金钏（chuàn）儿正给她捶腿。宝玉便跟金钏儿开玩笑道："我明日和太太讨你到我房里。等太太醒了，我就说。"金钏儿睁开眼，将宝玉一推，笑道："你忙什么？'金簪（zān）儿掉在井里头，有你的只是有你的。'连这句俗语难道也不明白？我告诉你个巧方儿：你往东小院里头拿环哥和彩云去。"宝玉笑道："谁管他的事呢！咱们只说咱们的。"正说着，只见王夫人突然翻身，打了金钏儿一巴掌，说金钏儿带坏了少爷。

宝玉见王夫人醒来，自己没趣，忙逃进大观园来。宝玉跑到蔷薇花架，突然看见一个女孩子蹲在花下，手里拿簪子在地上不停地写"蔷"字。宝玉正看得出神，突然天下大雨，把那女孩淋湿了。宝玉急忙叫她躲雨，自己也往怡红院跑去。谁知院门关了，宝玉叫了半天，见没人开门，更生气地一脚向院门踢过去，不料却踢到了来开门的袭人。宝玉嘴里还骂道："下流东西们，我素日担待你们得了意，一点儿也不怕，越发拿我取笑了！"宝玉口里说着，一低头见袭人哭了，方知踢错了。宝玉急忙道歉，袭人只得假装没事，当天晚上却疼得吐了血。宝玉见了，一大早就命人请王太医给袭人治病。

经典名句

黄鹰抓住了鹞（yào）子的脚，两个都扣了环了。

金簪子掉在井里头，有你的只是有你的。

经典原文

到了贾母跟前，凤姐笑道："我说他们不用人费心[1]，自己就会好的。老祖宗不信，一定叫我去说和[2]。及至我到那里要说和，谁知两个人倒在一处对赔不是了。对笑对诉，倒像黄鹰抓住了鹞（yào）子的脚，两个都扣了环[3]了，哪里还要人去说和。"说得满屋里都笑起来。

注释：①费心：耗费心思。②说和：劝和、调解争执使和解。③扣了环：这里比喻密不可分。

课外试题

宝玉用杨贵妃来比喻宝钗，为什么宝钗会生气？

答案

因为杨贵妃与唐明皇的故事，被视为是红颜祸水的象征，宝钗觉得宝玉是在讽刺她。

145

编纂委员会

罗先友	人民教育出版社，原副社长，编审，文学博士，原《课程·教材·教法》和《小学语文》主编
纪连海	北京师范大学第二附属中学，高级教师（历史），CCTV《百家讲坛》主讲嘉宾
赵玉平	中国传媒大学经济管理学院，教授，CCTV《百家讲坛》主讲嘉宾
李小龙	北京师范大学文学院，教授，副院长，博士生导师
许盘清	上海大学文学院，教授；自然资源部海洋发展战略研究所，特聘研究员
朱 良	北京师范大学地理科学学部，副教授，《地图学》精品课程主讲教师
左 伟	中国地图出版社，原核心编辑，编审，地理学博士
陈 更	北京大学，博士，CCTV《中国诗词大会》第四季总冠军，山东卫视《超级语文课》课评员
左 栋	自然资源部地图技术审查中心，高级工程师（地图制图学与地理信息工程）
郝文倩	杭州师范大学人文学院，教授，博士生导师
李 园	南京师范大学教师教育学院，教师教育实训中心副主任
李兰霞	北京交通大学语言与传媒学院，副教授，硕士生导师
吴晓棠	南京师范大学教师教育学院，讲师
王 兵	南京市教学研究室，历史教研员，高级教师（语文）
杨 俊	无锡市锡山区教师发展中心，教研室副主任，高级教师（语文）
陈 娟	江苏省新海高级中学，副校长，正高级教师（语文）
贺 艳	深圳市龙岗区南师大附属龙岗学校，副校长，高级教师（语文）
陈启艳	湖北省宜昌市外国语初级中学，正高级教师（语文）
冒 兵	南京航空航天大学苏州附属中学，正高级教师（语文），江苏省教学名师，苏州市学科带头人
陈剑峰	南通市第一初级中学，正高级教师（语文）
王 辉	湖北省宜昌市外国语初级中学，高级教师（信息技术）
刘 瑜	江苏省天一中学，高级教师（语文），无锡市学科带头人
刘期萍	深圳市龙岗区南师大附属龙岗学校，教学处副主任
万 航	湖北省宜昌市外国语初级中学，高级教师（地理）

编辑部

策　　划：王俊友、赵泓宇
原　　著：曹雪芹、高　鹗
地图主编：许盘清、许昕娴
撰　　文：陈元桂
责任编辑：王俊友
统筹编辑：姬飞雪
地图编辑：杨　曼、刘经学
文字编辑：高　畅、戴雨涵
插　　画：孙　温
装帧设计：今亮后生
审　　校：高　畅、李婧儿、杨　曼、刘经学、黄丽华
外　　审：纪连海、赵玉平、李小龙、郝文倩、陈　更、李兰霞
审　　订：郝　刚、左　伟